《趙芝薰 全集》 별책

지훈 육필 시집

나남출판

《趙芝薰 全集》 별책

지훈 육필 시집

芝薰詩鈔

NANAM
나남출판

《趙芝薰 全集》 별책

지훈 육필 시집

혜화전문학교 재학시절(1940년 겨울).

오대산 월정사 佛敎講院의 강사로 있을 1941년 무렵.

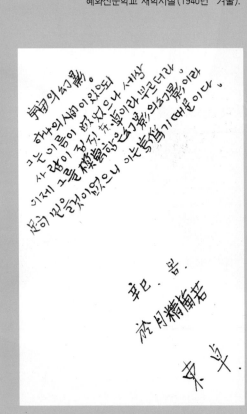

왼편 사진의 이면에 씌어진 지훈의 낙서.

왼쪽부터 서정주, 조연현, 지훈, 백철, 박종화, 1967년 문인들과 작품심사.

고려대 국문과 졸업예정 제자들과 함께. 앞줄 왼쪽부터 김민수, 구자균, 김춘동, 박희정, 조지훈(1957년 겨울).

고려대 교정에서.

연구실에서 제자와 함께.

1972년 8월. 장남 광열의 도미 직전의 지훈일가. 뒷줄 좌로부터 삼남 태열,
차남 학열, 광열, 앞줄 오른쪽부터 맏며느리, 장녀 혜경, 김여사, 지훈(이 사진은 지훈의 유영을
가족 사진에 오려 넣어서 복사하여 실제의 가족 사진인 것처럼 만든 것이다).

국제 시인회의 벨기에의 휴양도시 크노케에서. 왼쪽에서 두번째 이하윤, 지훈(1961년).

1959년 무렵 고려대 도서관을 배경으로 하여.

자택에서(1964년 무렵).

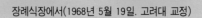

장례식장에서(1968년 5월 19일. 고려대 교정)

경북 영양군 일월면 주곡리(주실) 마을입구 시비(1982년).

빛을 찾아 가는 길

사슴이랑 이리 함께 산길을 가며
바위틈에 어리우는 물을 마시며
살아있는 즐거움의 저 언덕에서
아련히 풀 피리도 들려 오누나

해바라기 닮아가는 내 눈동자는
紫雲 피어나는 靑銅의 香爐
東海 동녘 바다에 해떠오르는 아침에
북바치는 서름을 하소리라

돌뿌리 가시밭에 다친 발길이
아물어 꽃잎에 스치는 날은
푸나무에 열리는 과일을 따며
춤과 노래도 가꾸어 보자

빛을 찾아 가는 길의 나의 노래는
슬픔 구름 걷어 가는 바람이 되라

玩虛山房藏

玩 虛 山 房

달빛 사림에

꽃잎이 떨리노니

구름에 싸인 집이

물소리도 스머노라

단비맞고 난초닢은

새삼 치운데

벗바른 머다지를

꿀벌이 스처간다

바위는 제자리에

움직 않노니

푸른이끼 입음이

자랑스러라

아스럼 흔들리는

소소리 바람

꼬사리 새순이

도르로 말린다

上 院 庵

禪에 들어 한나절 조을다 깨면

여러제친 窓으로

흰구름 바라기가 무척좋아라

老首座는 오늘도 바위에 앉아

두눈으론 감은채로 念珠만 센다

스스로 寂滅하는 宇宙가운데

묻지 않은 經이야 펴기 싫어라

篆煙이 어리는골 아즈랑이 피노나

떨기남게 우짓는 꾀꼬리소리

이끌안 꾀꼬리 고운 사투린

梵唄소리처럼 琅琅하고나

樺베들어 한나절 조을다 깨면

추녀끝에 風磬이

나즉한 코ㅅ노래를 다시 부른다

밤 Ⅱ

누구가 부르는듯

고요한 밤이 있읍니다

내 靈魂의 둘네人가에

보슬비 소리없이 나리는

밤이 있읍니다

며원 다섯 손가락을

초人불아래 가즈러니 펴고

紫檀香 연기에 번골을 부비며

울지도 못하는 밤이 있읍니다

하늘은 있어

하늘에 살아도 우러러 만드는

구름밖에 구름밖에 놓이나는 새

창턱에 묻인 흰뺨을

바탕이 던져주는

밤이 있읍니다

첫 눈

검정 수목두루마기에

흰 동정 달아입고 창에 기대면

백년 줄 상기 남은

기우는 울타리 위로

장독대위로 깨여진 花盆위로

새하얀 눈이 나려쌓인다

홀로 지나던 값진 보람과

빛나는 자랑을 모조리 불사르고

만해가 새효지온 꽃속에 싸며

藥葉처럼 無念히 섞어가면은

이 虛妄한 時空우에

내 외로운 영혼 가까이

꽃다발처럼 꽃다발처럼

하이얀 눈발이 나려 쌓인다

마음이리 고요한 날은

아련히 들려오는

서라벌 千年의 풀피리 소리

悲哀로 하야 내 魂이 야외기에는

純白이란 오히려

나리는 눈처럼 포근하고나

岩 穴 의 노래

눈 오는 날에

검정 수묵 두루마기에 흰 동정 달아 입고 창에 기대면

백년출 상기 남은 기울은 울타리 위로 장독대 위로 새하얀 눈이 나려 쌓인다

홀로 거니던 겨진 보람과 빛나는 자랑을 모조리 불 살으고

소슬한 바람 속에 落葉처럼 無念히 썩어 가련

이 蕭索한 時空 위에 내 외로운 영혼 가까이 꽃다발처럼 꽃다발

처럼 하이얀 눈 발이 나려 쌓인다

마음 이리 고요한 날은 아련히 들려오는 서라벌 千年의 풀리 소리

悲哀로 하여 내 혼이 아뢰기에는 絕望이란 오히려

나리는 눈처럼 포근하고나

꽃 그늘에서

눈물은 속으로 숨고
웃음 겉으로 피라

우거진 꽃송이 아래
조촐히 흐르는 산골 물소리 ……

바람소리 멋고리소리
어지러이 덧없이 꽃잎새 꽃낭구

꽃다운 아래로 말 없이 흐르는 물

아 하 그것은 내 마음의 가장 큰 설음이러라

하잔한 두어줄 글 이것이

어쩌다 내 靑春의 모두가 되노.

기다림

고운님 먼곳에 계시기에

내마음 애련하오나

먼곳에나마 그리운이 있어

내마음 밝아라

서른 세상에

어이 자랑 삼으리

먼 훗날 그 때까지 참오실때 까지

말 없이 웃으며 사오리다

부지럽수 목숨 진흙에 던저

님 오시는 길녁에 피고 저라

늙거신 님의 모습 비오 량이면

이내 시들다 설음느야 …

어두운 밤하늘에

고운 별하

岩穴의 노래 ✕

야외면 야윌수록 살지는 혼

살지는 魂

샘과 달이 부서진 샘물을 마신다

내 살물을 마신다

젊음이 내게준

서리스발 칼을 맞고

創瘍를 어루만지며

내 호르토 쏫겨 있느냐

세상에 넓은 보람이

오히려 크기에

풀을 뜯으며

나는 우노라

꿈이며 오느를

氏馬는 항시
昳野를 달리건라

昳山을 꿈꾸는 데

깊은 산ㅅ골에

잎이 진다

도라지꽃

기다림에 야윈 얼굴

물 위에 비추이며

가녀린 매무새

홀로 돌아앉다

못견디게 향기로운

바람결에도

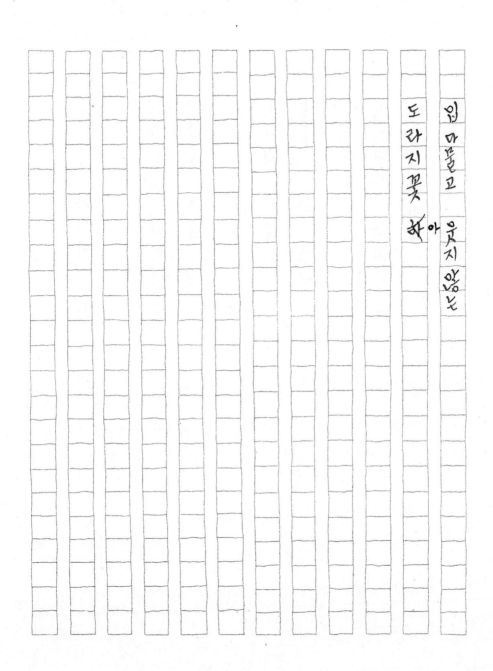

입 다물고 웃지 않는

아

도라지꽃

바람의 노래

꽃은 비 나리는 밤은 꿈에서

이제 미친 물결 속 내 외로이 부딪치는

작은 바위와 같고나,

두터운 벽에 기대이면

그래도 감물은 흐르는 것이고

거센 물결 우에 저 멀리

푸른 하늘이 보이는 것을······

바람에 폭 파묻혀 젖은 흙은

주검도 향기롭게 그려 보느냐

사랑하라 세월이여

쓸쓸한 마을의 황토 기슭에

폭신 꽃은 언제나 피고 웃으랴.

캄캄한 어둠 속에 창을 열고

누구에게 불린 듯 홀로 나서면

거츠른 바람 속에 꺼지지 않는 등불

아아 작은 호롱불이 어둠속에 오느냐

나를 찾자 오는가。

46

歷史 앞에서

山上의 노래

높으디 높은 산마루

낡은 古木에 못박힌 듯 기대어

내 홀로 긴 밤을

무엇을 간구하며 울어 왔는가

아아 이 아침

시들은 핏줄의 구비구비로

사늘한 가슴의 한복판까지

은은히 울려오는 종소리

이제 눈감아도 오히려

꽃다운 하늘이거니

내 영혼의 촛불로

어둠 속에 나래떨던 샛별아 숨어라

환히 트이는 이마우

떠오르는 햇살은

시원 상달의 꿈과 같고나

매마른 입술에 피가 돌아

오래 잊었던 피리의

가락을 더듬노니

새들 즐거이 구름 끝에 노래 부르고

사슴과 토끼늘

한 포기 향기로운 싸릿순을 사양하라

여기 놀으디 놀은 산마루

맑은 바람 속에 옷자락을 날리며

내 홀로 서서

무엇을 기다리며 노래하는가.

비 가 나 린 다

비가 나린다

목마른 땅 우에

오뇌하는 死靈의 가슴 우에

촉촉히 젖어들도록 비가 나린다

거룩한 祭壇 우 타오르는 햇불 아래

피로 물들인 잔을 들어

갓진 희생으로 사라진 이와

팍팍한 焦土 우에 엎드려 울던 사람들 ......

아아 백성의 마음은 하늘이어라

나리는 비는 얼마나 달고 아름다운가

52 <

사슴과 비들기 토끼· 토끼 푸 나무는

조용히 복을 추기자

우리 다 함께 바라거니

어린 무리를 이끌어

이 귀한 물을 홀로 탐하는 이 누군가

우리 다 함께 바라거니

지내간 날의 공은 자랑하여

이 맑은 샘을 흐리는 이 있는가

이리와 뻐암도 悔悟의 잔을 들어

마지막 복을 추기라

병든 겨레의 티를 빨던 입술에

아아 백성의 마음은 하늘이어니

이 샘은 얼마나 맑고도 두려운 것인가

비가 나린다

물소리 예련듯 새론 하늘이 트이고

풀 향기 솟치는 언덕위에

칠색 무지개를 놓으려

여기 조롱히 비가 나린다.

그 들 은 왔 다

아득한 옛날 먼 서쪽에서 길 떠나 해 돋는 아침의 나라, 그들 마음의 고

장을 찾아서 東方으로 東方으로 물결쳐 내려오는 한 떼의 흰옷 입은

무리가 있었다.

세월은 꿈 難의 길 그들 萬丈의 搖籃을 버리고 새로운 꿈은 새로운

땅에서 이룩하려 어둠을 滅하는 새벽을 뚫러 이르킬 수밖의 없을 가슴

라다 지난채 몇 만리 앞길에 向方을 그르치지 않은 무궁한 별座를 우러

르며 그들은 왔다.

거룩한 빛깔에 소용돌이치는 心臟의 鼓動을 이 가슴에서 저 가슴으로 울

려 나가는 종소리로 들으며 한 줄기 光明 앞에 무릎꿇어 기도하는 殉

敎者의 발자취 같이 그들은 눈물로 노래로 영혼을 달래 며 리 버린

世紀의 빨건은 가는 나그네 ―

때로 어둠을 틈타 몰려오는 사나운 짐승서리에 무찔리어 그들의 純한

피 흘린 옷자락에 斑斑히 아롱졌나니 별빛 아래 눈물로 간 돌칼 돌창도 오

로지 不義를 爲해 위한 것 꽃보담 더 붉은 피 邪惡 앞에 뿌리고 傲慢

한 무리의 가슴에 화살을 겨누며 그들은 왔다.

꿈을 찾는 가슴 인레 목숨은 새털보담 오히려 가볍고 처음이오 마즈막인

피의 啓示는 義를 爲한 죽음 속에 깃들어 있어 … 不屈의 원수의

독한 이빨에 온 族屬이 무찔리기로 무슴다 앗을리야 그 맑은 꿈의

별나는 아침을 빌어 마음이 가고픈 나라를 찾지 못하고 비바람에 나리안가

는 현 뼈가 된들 거룩한 빛발에 悔恨은 없노라 가슴 길이 새기며 그들은

왔다.

한 떨기 영원인 그들 머리에 언제나 같은 運命의 가시 冠은 내려서 暗黑의

원수 앞에 맨발 벗고 달릴 때 피 맺힌 손길이 창과 활을 잡았으나 마음

가난하고 착한 백성 함께 춤추기 위하여 품속 깊이 피리 한 쌍 지니기를

일
지
않
은
그
들
은
실
쌍
싸
흥
보
닮
은
平
和
를
칼
날
닮
은
되
려
를
사
랑
하

늘
백
성
이
였
다.

안
눈
보
다
흰
옷
옷
보
다
더
흰
마
음
이
순
하
디
순
한
양
떼
처
럼
들

밭
에
머
리
묻
아
먼
하
늘
에
흐
르
는
별
빛
을
손
짓
하
고
구
비
치
는
강
물

에
귀
기
우
리
느
니
언
제
사
언
제
사
그
들
가
슴
에
환
히
트
이
는
새
론
하
늘

라
아
름
다
운
山
川
의
눈
부
신
太
陽
이
솟
아
오
려
나.

그대 荊冠을 쓰라
— 美의 司祭가 부르는 노래 —

그대 七寶의 冠을 벗고
삼가 荊棘의 冠을 머리에 이라

그대 아름다운 象牙의 塔에서 나와
때묻은 蔑土 언덕 거친 이 땅을 밟으라

노래하는 새 꽃이 달 하나 없는 이 길 위에
그대 거룩한 圓光으로 빛부시게 하라

눈물 이슬되어 풀 잎에 맺히고
良心의 太陽 하늘에 빛내고저

그대 너그러운 덕이여

58 <

소란한 세상에 내리라

날 오라 부르는 그대 음성

언제나 귓가에 사모치건만

아직도 내 스스로

그대 앞에 돌아가지 못함은

邪惡의 억힘 속에 괴로움의 쓴 잔을 들고

不義에 굽히지 않는 그대의 法度를 받음이어니

그대 약한 자의 벗 맨발 벗고 이 가시밭길을 배레으리

여기 荒野에 나를 이끌어 목노아 울게 하리

이 세상 더러움 오로다 나로하여 있는 듯

오늘 맥맥한 무리 앞에 진실로 괴로움은

제 눈물로 적시어 씻게하느니

오오 詩여 빛이여 힘이여!

十字架의 노래
-ECCE HOMO-

눈물 머금은 듯 내려 앉은 잿빛 하늘에 오늘따라 소슬한 바람이 이는데 오랜 괴로움에 아픈 가슴을 누르고 말 없이 걸어가는 이 사람을 보라.

뜨겁고 아름다운 눈물이 흘러지는 곳 마다 향기로운 꽃나무 새싹이 움트고 멀리 푸른 바다가 쉼하고 울어 오는데 만백성의 괴로움을 홀로 짊어지고 죄 없이 十字架에 오르는 이 사람을 보라.

弔鐘은 잠자고 沈默의 空間에 거리는 줄을 치는데 저리에 되뱉한 荊冠을 이고 풀어진 사슬 앞 새로 세운 十字架에 꽃 滿히는 受難者 이 사람을 보라.

칼라 뭉치를 들고 온 무리에게 나를 팔고 저 뜨거운 가슴에 입 맞추

던 유다여 스스로의 뉘우침에 목을 매고 울어라 마음에는 원이 불 때 육

신이 약하도다 닭 울기 전 세 번이나 배반한 베드로여 내려드린 검은

머리 蒼白한 빰에 불 타는 듯 비쳐오는 이 골고다의 저녁 노을을 보라.

이미 정해진 運命 앞에 내가 섰노라 겹겹이 싸여오는 원수 속에서 이제 다시

주검도 새로 울리 없노나 는 滅할진저 는 滅할진저 十字架를 세운 흙은

는 滅할진저 懺悔하는날 온 몸의 못 자욱을 너는 보리라.

언제나 비친는 저 빛을 빛나 어데서나 죽지 않으리 피는 꽃 내 볼람이여! 죽지 않은리

죽지 않으리 천번을 꽃 밖아도 죽지 않으리 이 絶望 같은 언덕에 들려오

는 것 바위를 물어 뜯고 발 칵 넘치는 海濤이여 라 조막 물결 소리여!

아아 이 사람을 보라 피 없이 十字架에 오른 나를 보라 이는 東方의

아들 平和의 王 눈물로 良心 속에 촛불을 혀고 나를 부르라 다시

오라 하늘이여 열리라 이 사람을 보라.

歷史 앞에서

滿身에 피를 입어 높은 언덕에

내 홀로 부순 노래를 부른다

언제나 찬란히 티어올 새로운 하늘을 위해

敗者의 榮光이여 내게 있으라。

나조차 뜻 모를 나의 노래를

虛空에 못 박힌 듯 서서 부른다。

오기 전 기다리고 온 뒤에도 기다릴

永遠한 나의 보람이여

渺漠한 宇宙에 고요히 울려가는 설음이 되라。

불 타는 밤 거리에

太初의 하늘에서 얻은 불길에

여기 낡은 知慧의 저자가 탄다

허물어져가는 城壁 위로

오늘도 헛되이 해日은 기울어

바람에 쓸리는 구름 속에는

무수한 별빛이 부서진다

쫓겨난 生靈의 울부짖음 마저

이제는 고요히 잠들었는데

여기 들리느니 푸른 기왓장과

붉은 벽돌 조각이 터지는 소리

어두운 城門을 꼬개고

흩어진 사람들은 날이 새이면

또 다시 이웃 마을이

낡은 材木을 싣고 오리라

몇 번이나 지나간 劫火 속에도

오히려 타고 남은 病든 歷史가 있어

서러울수록 고요한 이 길을

아득히 아득히 먼 곳에서

잔잔히 흘러 오는 강물 소리 ······

빛을 찾아 가는 길

사슴이랑 이리 함께 산길을 가며

바위 틈에 어리우는 물을 마시면

살아 있는 즐거움의 저 언덕에서

아련히 풀리리도 들려 오누나

해바라기 닮아가는 내 눈동자는

紫雲 되어나는 青銅의 香爐

東海 동녁 바다에 해 떠오는 아침에

북바치는 서름을 하소하리라

돌뿌리 가시밭에 다친 발길이

아물어 꽃잎에 스치는 날은

푸나무에 열리는 라일을 따며

흘러 노래도 가꾸어 보자

빛을 찾아 가는 길의 나의 노래는

슬픈 구름 걸어가는 바람이 되라.

마음의 太陽

꽃다이 떠오르는 햇살을 향하여

고요히 돌아가는 해바라기 처럼

높고 아름다운 하늘을 받들어

그 속에 맑은 넋을 살게 하라。

가시밭길을 넘어 그윽이 웃는 한 송이 꽃은

눈물의 이슬을 받아 된다 하노니

깊고 거룩한 세상을 우럴으기에

삼가 肉身의 괴로움도 달게 받으라。

괴로움에 짐짓 웃으랑이면

슬픔도 오히려 아름다운 것이

고난을 사랑하는 이게만이

마음나라의 圓光은 떠오르노라.

푸른 하늘로 푸른 하늘로

항상 날아오르는 노고지리 같이

맑고 아름다운 하늘을 만들어

그 속에 높은 넋을 살게 하라.

巴

調

地獄記

여기는 그저 짙은 오렌지빛 하나로만 물든 곳이라고 생각하십시오

사람사는 땅위의 그 萬象과도 같은 빛깔이라고 믿으면 좋습니다. 무릇

머언 생각에 잠기게 하는 그런 숨막히는 하늘에 새로 오는 사람만이

기다려지는 곳이라고 생각하십시오.

여기에도 太陽은 있읍니다 太陽은 검은 太陽、빛은 위해서가 아니라

차라리 어둠을 위해서 있읍니다. 죽어서 落葉처럼 떨어지는 生命도

이 하늘에 이르러서는 눈부신 빛을 뿌리는 것、허나 그것은 流星과

같이 이내 스러지고 마는 빛이라고 생각하십시오.

이곳에 오는 生命은 모두다 되초불같이 커다란 잎새 위에 잠이드는 한

마리 새올습니다. 머리를 비틀어 날개꽂지 속에 박고 눈을 치올려

감은 채로 고은히 잠이 든 새 울순니다. 모든 細胞가 다 죽고도 祈禱를 위해 남아 있는 한 가닥 血管만이 가슴 속에 촛불을 켠다고 믿으심시오.

여기에도 검은 꽃은 없읍니다. 검은 太陽빛 땅 위에 오렌지 하늘빛 해바라기만이 피어 있읍니다. 스스로의 祈禱를 못 가지면 이 하늘에는 한 송이 꽃도 보이지 않는다고 믿으십시오.

아는 것만으로는 아무 소용이 없읍니다. 첫사랑이 없으면 救援의 길이 막힙니다. 누구든지 올 수는 있어도 마음대로 갈 수는 없는 곳, 여기엔 다만 오렌지빛 하늘을 우러르며 그리운 사람을 기다리는 祈禱만이 있어야 합니다.

時間의 손

1

疾走하는 汽車에 뛰어든 靑年이 있었다。靑年의 찢어진 心

臟은 神의 領土의 한 모퉁이를 붉게 물드렀으나 神은 그의

靈魂을 불러주지 않았다。

四散된 肢体 위에 無意味한 太陽이 비취고 있었다。여기 한나

절을 微風이 불어와 되씌린내를 싣고 向方없이 흘러갔다。

삶과 죽음의 이 永遠한 平行線 위에 靑年은 깨물어

되터진 입을 맞추었다。울어도 흐르지 않던 옛날의 눈물을 쏟

았으나 人生은 하찮은 初等数学— 두줄기 레일은 끝내

모일 줄을 몰랐다.

사랑과 미움의 軌道 위에 제 가슴의 뜨거운 한숨으로써 끌
없이 굴러가는 汽車의 意味를 아는 사람은 아무도 없었다.

2.

汽車가 지나간 뒤 아버지와 더러 내렸던 가벼운 마음에 鐵路 가에는
떨어져나온 靑年의 팔 하나가 던져져 있었다. 그 피묻은 손목
에는 時計가 그대로 가고 있었다.

時計는 본래 主人이 없다, 항상 主人의 意志를 監視하
는 者 그리고 反逆하는 者 靑年은 왜 時計의 모가지를 비틀
지 않고 저만 죽어 갔을까.

永遠의 自己限定 위에서만 죽음은 成立한다. 죽는 者만이

永遠을 안다、 죽음은 時間意識의 殺戮이요 挑棄!

靑年의 生命이 끊어진 時間을 아는 사람은 아무도 없었다.

길

나는 세월과 함께 간다. 세월은 날 떨어트릴 수 없다.

다만 세월은 술을 마실줄 모른다. 내가 주막에 들어 한잔 기울

이고 잠이 든 사이에 세월은 나를 기다리며 저만치 앞서 간다. 나는

'놀란듯이 일어나 세월을 따라 간다. 나는 벌써 세월보다 앞에 가고

있었다. 숨이 가쁘다 길가에 쓰러진다.

또 하나 세월이 달려와서 나를 붙들어 일으킨다. 다시 조용히 걸어

간다. 먼저 가던 세월이 딸아 와서 풀밭에 주저 앉는다.

두 세월이 무슨 얘기를 속삭인다.

나는 혼자서 그들을 기다리며 저 만치 앞서 간다.

나는 또 주막에 들어 한잔 기울일 수밖에 없다. 한잔 마시고 싸움하는 구경좀 하고 나도 덤덤히 큰 호통을 치고 멱살을 잡히고 이내 긴 노래 한 춤이를 꺾어 넘길 수밖에 없다. 그무렵은 대개 黃昏이었다.

새세월이 작은 종이쪽 하나를 가지고 온다. 죽은 세월의 遺書!

종이를 펴 든다. 거기 내가 그에게 들려준 노래가 적혀 있다.

蝎

1.

금니빠리 갈뿐 클레오파트라의 白骨의 靈魂 支配영감의

鰐魚皮지갑 오― 南京虫이여 豊滿한 毒素로다。十四貫

내 皮膚에 대일 름달 中弦月 달을 뜨이게 하자。

2.

이 族屬의 불러오르는 빼는 매담되。삐。씨데。寶로 무

수한 有閑마님 福스런 乳房을 裝飾한 金庫랍니다。

3.

생김새는 月琴― 아 향기는 내루 여우냄새。손구락으로

문질러 벽에다 處刑하면 그 滿腹奸計가 血竹을 그린다。

Z 幻想

「알파베트」는 끝이 났다
다시 A로 돌아갈거나
「푸로펠라」가 없는 Z機.

그 서러운 絕頂에서는
殺戮이 꽃을 피운다.

絕頂을 넘어서면
썩은 되 呭嗜하는
바다가 있을뿐

삶을 위하여 주검은 차라리
「알파」은 「오메가」다.

「푸로펠라」도 없는 一九五二年

殿堂에서 들리는 祈禱의 合唱

날나리 부는 共産主義의 殘骸

그 속으로 「휴매니즘」의 示威行列이 간다.

口號도 없는 「플래카드」

「푸로펠라」가 없는 實存의 機體

五百分之一秒 속에도 現在는 없다

絶望만이 推進하는

아— 너는 Z의 世紀

救援의 소리는 아직도 들리지 않는다

허나 理想은 항시 超音速이다

意味 없는 밝은 기쁠을 젔어라.

觀劇歲暮

一九五一年이 저문다

歷史의 分水嶺이 또 하나 沈沒한다

後半紀라는 꿈 많은 勳章은

動亂韓國의 가슴한 복판에 달아주라

「싸르트르」의 「뿌리」을 장갑이 興行되는

어느 劇場의 창밖으로 때마즘 뿌리은 불 자동차가 달린다。

불이 붙었다 불이 탄다

스스로의 불길에 放燿하는 共産主義 …

人間으로 還元한 기유─고

유고는 어린 딸 그리드ㄴ 처럼 이미 주검으로 救援 받았는데

것이 숙소럽고나

「ㄹ루」이가 끝내 臨終 하는 유고의 손가락 끝에 죽어야 한다ㄴ

아니다

가슴이 답답하다 바늘 구멍이라도 뚫어봐야 빼내 生命이 숨을 게

氣管支에 쥐구멍이라도 뚫어야

腦髓血이 防止된 게 아니냐

演劇이 成長하기 위해서는 風土가 演劇을 背信한다

背信者 싸르트르가 背信하는 演劇 앞에 哄笑한다

산 芸術을 尊重하라 政治에 — A B C

산 人間을 尊重하라 政治에 — 앤드레 쓸

두룸포라따 소리가 크게 들리어도 좋다

데빌 보자기가 늘 같은 것 뿐이어도 좋다

혹은 알에서 쏘는 총소리가 뒤에서 나도 좋다

또 혹은 力量의 총가 舞台 위에 불을 이르지 못해도 좋음

수 밖에 없다 觀客席에 感電하는 X Y Z

싸르트르여 實存은 絶望몸의 役岸에 있다고 … 흠 絶望이

또 實存의 役岸에 있다

一九五一年이 저문다

毒중아ㅡ

歷史의 分水嶺이 또하나 沈沒한다

좋아ㅡ

自畵血記

峨峨한 山脈이 보름달을 消化한뒤 검은 베일 뒤에서 키쓰리
울음만이 떨고 있다. 램프는 肺를 앓는 것이고 찌그러진
책상에는 〈케르케꼴〉이 냄새 흐드겨 우는 것이다. 이런 술
른 舞臺에서 나는 火酒 몇잔에 寅操를 팔고 빌상한
俳優가 되어 있다. 俗惡한 與行師 二十世紀는 램프와 함께
나를 絕命하라지만 나는 죽지 않는다 죽을수가 없다.
내가 나를 反逆하는 길은 아무리 짓밟혀도 살아 있다는 存
在 그것뿐—침을 뱉어라 침을 이가 누구냐 돌을
던저라 돌을 던질 사람이 하나도 없다는 것이 서러웁구나.
神이여! 항상 저희를 살려두시고 괴롭히시는 당신의 悲劇

精神을 저희는 尊重하옵니다、죽어서 비웃음 받음 슬픔 볼 다

는 살아서 울 수도 없는 悔恨은 주십시오. 눈물을 잊어 버린

사나히에게 어쩌자구 한잔 술을 한잔 술을 권하는 사람들만 이

리도 많은가 꼭 같은 恨이 있어 같이 울자구 이슬잔 이 同情을

내게 주는가. 술을 마시고 되를 뽑아 주마. 더운 피를 아낌없이

너를 위해 뽑아 주마. 어둔 밤에 어둔 밤에 瀟湘江 물소리처럼 흐

르는 고뇌 손수건도 걸레쪽도 빛이 변했다. 그리운 옛날의

어느 가을 알 구비치는 강물에 복사꽃 지는 철이 이러했었다.

淋漓한 핏방울에 옷을 적시고 슬픈 인이 없어서 웃어 본다. 어

머니시여! 이러한 밤에 내가 부르고 싶은 단 하나의 이름이여—당

신이 노나 주신 피를 저는 이렇게 헐값으로 흘리고 있읍니다.

어머니!

復歷書

本籍

차운 샘물에 잠겨 있는 은가락지를 건져 내시는 어머니의 胎夢

에 안겨 이 세상에 왔읍니다。萬歲를 부르고 쫓겨 나신 아버지의

뜨거운 핏줄을 타고 이 겨레에 태어 났읍니다。서늘한 叡智의 故

鄕을 그리워 하다가도 불현듯 激하기 쉬운 이 感情은 내가 타고

난 어쩔 수 없는 슬픈 宿命이 올시다。

現住所

서울特別市 城北洞에 살고 있읍니다。옛날에는 城밖이은 지금은

市內—이른바〈문안 문밖〉이 나의 집이 올시다。뿌르죠아가

될 수 없던 시골 사람도 가난하나마 이제는 한 사람 市民이 올시

다. 아무 것이나 담을 수 있는 빈 항아리 아! 이것도 저것도 될 수 없는 몸짓이 나의 天性은 저자가 까운 산곧에 半生을 살아온 보람이 올시다.

姓　名

이름은 趙芝薰이 올시다. 외로운 사람이 올시다. 그러나 늘 항상 웃으며 사는 사람이 올시다. 나힐의 深林 속에 숨어 있는 한 모리 誠實의 풀잎이라 생각하신시오, 孤獨한 香氣을 시다. 지극한 정성을 浮辱의 坊坊 바꾸지 않으려는 가난한 마음을 가진 탓이 올시다.

年　齡

나이는 서른 다섯이 올시다. 人生을 七十이라니 이쯤되면 半生은 착실히 살

았나 봅니다. 틀림 없는 後半期 人生의 한 사람이지요. 허지만 아직은 白晝

대낮이 올시다. 人生의 黃昏을 조용히 바라볼 마음의 餘裕도 지니고 있읍니다.

소리 한가락 흥 한마당을 제대로 못 넘겨도 人生의 멋은 제법 아노라 하읍니다.

經 歷

半生 經歷이 흐르는 물 차운 산이 올시다. 슬픈 노래가 한결 같이 서러운

가락이 올시다. 술 마시고 詩를 지어 詩를 팔아 술을 따서— 이 어처구니

없는 循環·經濟에 十年이 하로 같은 사람이 올시다. 그러울 하나만으로 살아

가옵니다. 오기전 기다리고 온 뒤에도 기다릴 — 渺漠한 宇宙에 울려 가는 종소

職 業

리를 들으며 살아 왔읍니다.

職業은 없읍니다. 詩 못 쓰는 詩人이 올시다. 가르칠게 없는 訓長이 올시다.

혼자서 嘆怨하는 革命家 올시다. 꿈의 날개를 펴고 几萬里 長天을 날아오르

는 꿈, 六尺의 瘦身長軀를 나는 한 마리 鶴이 올시다. 실상은 하늘에 오르기

를 바라지도 않는 괴로움을 쪼아 먹는 한 마리 닭이 올시다.

財 産

마음이 가난한게 唯一의 財産이 올시다. 어떠한 苦難에도 부질없이 生命을 抛棄하지

않을 信念이 있읍니다. 조금만 건드려도 넘어질 사람이지만 暴力 앞에 침을 뱉

을 힘을 갖인 弱者 올시다. 敗者의 榮光을 아는 주검을 공부하는 마음이 올시다.

地獄의 平和를 믿는 사람이 올시다. 贖罪의 賂物때문에 人跡이 드문 쓸쓸한

地獄을 능히 견디어 낼 마음이 올시다.

거짓말은 할수 없는자라 올시다. 참말은 안쓰는 편이 더 眞實합니다. 당신의 생

각대로 하옵소서 — 孔子 一生 就職難이라더나 履歴書는 너무 밝이 쓸 것이 아닌가 하옵나다.

劍西樓嘯詠

辛卯銘

不義를 미워하는 노여움 때문에
한살 더 먹는 나이가 오히려 젊어진다

때문은 戎衣로 설범을 해도

그리운 것은 눈 덮인 北岳의 뫼뿌리

한잔의 屠蘇를 사양함은 차라리

한말의 도적되가 마시고 싶기 때문

愛憐에 병든 魂을 채찍질하여 이제

주검으로 지킬 意志의 關門이여

나라를 사랑함이 무엇인줄 내 모르나

오랗 그 름을 헤아릴 줄은 아는 것

진실로 나의 良心을 위하여

웃으며 무찌를 수 있는 나의 身命아

괴로운 것을 주검에까지 따라오는 虛榮이다

살아 떳떳이 이긴다 맹서하라

내 여윈 살 한점을 저며서라도

안주 삼아 마시고 살은 도적의뒤

銘記하라 세월이여

눈물 많은 詩人이 이 아침에 총을 닦는다.

鍾路에서

— 다시 서울을 떠나며 —

천천히 문을 닫아 걸고

사람들은 모두다 떠나 버렸다

이룩하기도 전에 흔들리는 社稷을 근심하고

祖國의 이 艱難한 運命을 슬퍼하여

사람들은 저마다 信念의 별따리를 지피어진채

아득한 天涯의 어느一角으로 飄飄히 살아졌는데

차운 西天에 노을이 물드는 鍾路 네거리

鐘樓는 불이 환도 鐘은 남아 있는데

몸을 던져서 鐘을 울려보나

울지 않는 鐘 나의 心臟만이 터진 듯 아프다

十里 둘레의 은은한 砲聲때문에

안타깝게 고요한 이 거리에는

황소처럼 목놓아 우는 사나이도 없고

零下 十七度의 추위에 입술이 타오른다

不義의 그늘에선 숨도 쉬기 싫어서

차라리 一切를 抛棄하고 빨가숭이가 되고저

사람들은 모두다 떠나버렸다

천천히 문을 닫아건 鐘路의 寂寞

아아 이제 나마저 떠나고 나면

여기 오랑캐의 노래가 들려오리라

허나 꽃되는 봄이 오면

서울은 다시 우리의 서울

내 여기 검은 흙 속에

가난한 노래를 묻고 간다。

壬辰銘 元旦吟

戰爭이 아무리 사나워도

江山의 모습을 아주 바꾸진 못하노라

새 아침 못 깃을 빨리잡고 빠라 불니

헐벗은 채 秀麗한 저 山容이여 !

이는 저 淸澄한 하늘아 있기 때문이어니

변하고 빠뀌는 歷史 속에서

하나를 일치 않는 마음이 있기 때문이어니

진실로 이 하늘 아래 살아 있으랑이면

아프고 서러움도 또한 거룩한 즐거움이 되는 고나

한 치의 國土를 지키기 위하여

한 사람의 목숨이 사라진다

한 마디의 言約을 지키기 위해서

수많은 나라의 꽃다운 핏줄이 스며나린다

그 피가 스며든 메마른 黃土

나의 祖國이여

그 흙에 뿌리 박았으매

그 뒤를 마시러니 草木인들 어찌

이 患難의 歷史를 두고 두고 얘기하지 않으리오

年輪은 오직 피빛으로만 감기리라

이는 뜻 없는 세월의 그나큰 맹세로다

아버 어머니 나라를

버리고 살 수가 없으랑이면

어찌 이름을 伯夷 叔齊하여

〈고 아래 헛되이 슬어지게 하리오

세상에 산빛람 더 없이 크기에

너그럽고 따뜻한 襟度를 지니리라

빠꾸 찬찬에 긴바람 하오니

나를 풀리는 祖國이여 山河에 아 人情이여

언덕 길에서

龍의 비늘을 지녔으나 소나무는 이 앎은 흙 위에 뿌리를 서려

듣채 드디어 오늘에 늙고 말았다.

松虫이 기는 그 수척한 가지에는 한 점 그늘을 던질 잎새조차 없고

이따금 흰 구름이 여기 걸리어 太陽을 가리울 뿐

위가 하나 그 열에서 낡은 세월을 지키고 있노니

太初以來로 地心에 응솟음치던 불길에 밀리어 둥겨져 나온 뼈

이는 사나운 意慾의 化石, 原罪의 刑罰을 참고 견디어 애초의 그

자리 그데로 앉아 風雨霜雪에 닳아간다.

내 오늘 어즈러운 세월 흔들거리는 人生을 가누려고 저 浩浩한 하

늘 아래 이 봄을 바래우고 돌아가는 길 人事의 어즈러움에 차라리 病든

老松을 슬퍼하여 沈默에 잠긴 돌 바위들 내 가슴치듯 두다려 본다。

바위는 끝내 울지 않는다。 어인 나비 한마리 이 떨리지 않는 돌문

에 얼디어 이끼처럼 되고 없는 것ㅡ 아 이 간절한 기도를 위해서

肉身이 짐짓 隱花의 植物을 다룬 것을 생각한다。

이는 蝴蝶이 아니라 한마리 蛾로다。 내 그의 고달픈 꿈을 깨우지

않고 畵室로 돌아가노니

어찌 건디랴 오늘밤 내 베갯머리에 하로의 목숨이 다한 蜉蝣의

무리가 숨가뿌게 맴돌다 죽어가는 모습을ㅡ。

첫 祈禱

이 障壁을 무너뜨려 주십시오, 하늘이여

그리운 이의 모습 그리운 사람의 손길은 막고 있는

이 맵맵한 障壁을 무너뜨려 주십시오

무참히 슬어진 善惡의 人間들

그들이 푸른 한숨 속에 이기가 않고 있는 障壁을

당신의 손으로 하루 아침에 허물어 주십시오

다만 하나이고저— 둘이 될 수 없는 國土들

아픈 내 부벼 주시는 앗손 같이 그렇게 慈愛롭게

쓸어 주신시오

이 가슴에서 저 가슴에로 종소리처럼 울려나가는

우리 願이 올해사 —

모주리 터져 불 붙고, 재가 되어도 이 障壁을 열어 주십시오

빛은 주신시오 황소처럼 터지는 울음을 주십시오 하늘이어 —

어둠 속에서

어두운 세상에 부질없은 이름이 반딧불 같이 반짝이는 게 싫다.

불을 켜야 한다. 내가 숨어서 살기 위해서라도 불은 켜져야 한다.

찬란한 빛 속에 자취도 없이 사라질 수는 없느냐. 아니면 빛이 묻은

칼로라도 나를 진너거다고.

불을 켜도 모르지 빠러지를 않다. 안개가 자욱한 탓인지…… 화투불을

놓아도 햇불을 들어도 면 곳에서는 한 점 호롱불이다.

저 만단 가슴이 터져 목숨을 태우고 있건만 종소리처럼 울려갈 수 없는 빛

이 서럽구나.

닭이 울면 새벽이 온다는데 무슨 놈의 닭은 초저녁부터 울어도 밤은 길기만 하고—

天地가 무너질듯 소름이 끼치는 百鬼夜行의 어둠의 거리를 꺼도 짖지 않는다.

明白한 일이 하나도 없으면 땅이 도는게 아니라 하늘이 도는게지. 죽어버리고 싶은

마음을 달래며 죽기 싫은 마음이 미칠 것 같다.

어둠을 따라 행길로 나선다. 어둠을 가리키는 손가락이 젖어진 풀벌레 같이 떨고 있다.

가녀픈 손가락을 拳銃처럼 心臟에 겨누고 가난한 피를 조금씩 흘리면서

나는 가야 한다. 내가 나의 빛이 되어서…….

山

산도 산이냥 하고

물은 절로 흐르는 것이

구름이 머흐란 골에

꽃닢도 덧쌓이메라

구슬처럼 해오리처럼

피는 벌어서

진달내 꽃가지에

바람이 돈다

뫼 2

산이 주름에 싸인들
새 소리야 막힐 줄이
안개 자자진 골에
꽃잎도 떨렀다고
소나기 한 주름 스쳐간 뒤
벼랑 끝 풀잎에 이슬이 진다
바위도 하늘도 푸러르라
고운 넌출에
사르르 감기는
바람 소리

古　寺　I

木魚를　두드리다

조름에　겨워

고오운　上佐아이도

잠이　들었다

부처님은　달이　없이

우스시는데

西域 萬里ㅅ길

눈 부신 노을 아래

보란이 진다

古　寺　Ⅱ

木蓮꽃 향기로운 그늘 아래

물로 씻은 듯이 조약돌 빛나고

회웃깃 매무새의 九層塔 위로

파르라니 돌아 가는

新羅 千年의 꽃구름이며

한나절 조찰히 구르던

머흘 물노리 그치고

114　＜

뷔인 골에

은은히 울려오는 맞종소리

바람도 잠자는 언덕에서

복사꽃 넓은

종소리에 새 살롬타 떨어지노니

무지개빛 햇살속에

의희한 따촉음 말이없고 …

山房

닫힌 사립에
꽃잎이 떨리노니

구름에 싸인 집이
물소리도 스미노라.

단비 맞고 난초 잎은
새삼 치운데

별 바른 미닫이를

꿀벌이 스쳐 간다.

바위는 제 자리에
옴쩍 않노니

푸른 이끼 입음이
자랑스러라.

아스럼 흔들리는
소소리 바람

고사리 새순이
도르르 말린다.

戰塵抄

여기 傀儡軍 戰士가 쓸어져 있다

義城에서 安東으로 竹嶺으로

빠람처럼 몰아가는 追擊戰의 한 때를

내 추럭에서 뛰어내려 목을 축이고

조찰히 되어난 들국화를 만지느라니

길 가 푸섶에 白墨으로 써서 꽂은

나무 조박이 하나ー。

≪여기 傀儡軍 戰士가 쓸어져 있다≫

그 옆에 아직

실낱 같은 모ㄱ숨이 붙어 있는 少年의 屍体

검붉은 피에 저린 그의 四肢는 썩었고

반짝 띤 눈망울은 이미 풀어져 맑음은 잃었다

앓으고 목마름에 너 여기를 기어와

논고에 머리를 박고 마냥 물을 마셨음이려니

같은 祖國의 山河

네 고장의 흙냄새가 배를 이러하리라.

아 이는 원수이거나

한 핏줄 겨레가 아니거나 다만 그대로

살아 있는 人間의 尊嚴한 愛情!

누가 다시 이 靈魂에
총칼을 더 할 것이냐.

사랑하는 사람을 두고 가듯이
어쩔 수 없는 안타까움이
아직도 남아 있음이여!

저 멀리고 푸른 가을 하늘 아래
壯烈한 싸움의 한때를
서럽고 따뜻한 마음으로 새긴
나무 조박이 하나

≪여기 魁傀軍戰士가 쓸어져 있다≫

竹嶺戰鬪

〈兵火不入之地〉 옛 老人의 信仰이 灰燼하였다.

豊基는 十勝의 땅, 재터미된 장터에 해가 지는데…….

竹嶺은 九曲羊腸 天險의 고개 위에 빨이

오늘데 敗走하는 敵軍을 몰아 우리가 간다.

사람의 되로써 하마질된 단풍잎, 검은 돌 비위에

이끼도 되빛으로 물이 들었다. 불비에 녹아내린 탕크.

강아지만치 타 몰라진 屍体. 이 더저나온 腦漿에는

벌서 팡개미 떼가 엉겨 불었다.

이마당에 주검을 두려워함은 奢侈가 아니라 차라리

蠻勇, 어두운 밤 하늘에 砲門은 쉬지 않고 불을 뿜는다. 九曲羊腸 竹嶺은 天險의 고개, 불을 죽인 추럭으로 조용히 기어간다.

燦爛한 별빛으로 마음이사 밝아도 소름끼치는 밤이랑건 아! 丹陽은 아직 멀다.

서울에 돌아와서

忠憂里를 돌아들면
아 그리운 서울!

돌아오는 서울은 九十日 戰場
예서 죽기로 했던 이름이 다시 살아

살아줘서 새삼 고마운데
죽지 않고 살았구나 그로든 사람들도

손은 흔들며 목이 메어 불러주는
萬歲 소리에 고개를 숙인다 눈시울이 더워진다.

나의 祖國은 나의 良心.

내사 忠誠도 功勳도 하나 없이 돌아왔다.

버리고 떠나갔던 城北洞 옛집에

避亂 갔던 家族이 돌아와 풀을 뽑는다.

밤길을 걸어서 아이를 데리고

울며 갔던 먼 山中 절간

아내는 아는 집에 맡기는 보퉁이를

찾으려 가고 없고

도토리 따며느라 옷이 올라 진물이 나는

세 살백이 어린 것을 안고 뺨을 부빈다.

＜가재 잡아 구어먹는 맛이 참 좋더라＞는 말

이 여섯 살 자리 큰 놈이 들어온다.

애비를 잘못 둔 탓 젖어져 죽었다면

어쩔 것이냐.

밤마다 쥐지은 듯 앓으던 가슴

근심은 실상 그것 밖에 없었더니라.

아 나의 어버이도

이렇게 나를 사랑했으리라.

아버지가 안 계시다

죽을까 염려하시던 자식은 살아 왔는데

원수가 돌려준 아버지 세간

眼鏡과 面刀만이 돌아와 있다.

어머니는 아직

짓밟힌 고향에서 소식이 없다.

서로을 넘어서 비로소 깨달은

내 肉親에의 사랑이 아랑곳 없음이여.

아내를 만나지 않고 집을 나선다

白衣從軍 내 몸이 인정 탓으로

信義를 저버럼 어찌 하느냐.

서울신문社 編輯室에서
泉 先生이 손을 잡고 운다
〈永郎이 죽었다〉고 아 그 우는 얼굴

옛날의 明洞 거리를 찾아간다
술없다가 겨우 산 옛벗을 만난다
겨안을 수가 없다 만조차 없던 그 對面

저무는 거리에서 추력을 타고
牛耳洞 CP를 찾아간다。

家族의 生死를 아직 모르는 木月을 보내고
내가 혼자 이밤을 거기서 자리라。

師團長 R 准將이 웃으며 맞아 준다

〈오늘 저녁에는 안 오실 줄 알았는데

죽다가 산 사람들끼리 하소연이 많을 텐데 ⋯⋯ 〉

武器도 하나 없이 暗號를 외우며

어두운 밤길을 혼자서 걸어온다.

敦岩里 건가에서 죽어 얹은 戰爭孤兒는

이름을 물어도 나이를 물어도 대답이 없다.

奉日川 酒幕에서

平壤을 가야 한다。임을 찾아서 。임이사

못 봐 와도 소식이나 들을까 하고……。

비행기는 커녕 軍用추럭 하나도 봐주는

이 없는데 旅費를 준다는 〈北韓派遣文

化班〉 그 名單에도 내 이름은 없다。

맨주먹으로 나서도 平壤은 내가 먼저 가고

말리라。딸아나선 同行은 雲三이와 在春

이 綠磻이 고개 넘어 몇 里를 왔노 여기는

坟써땅 奉旧川里。 주막진 뒷마루에 앉아

술을 마신다。

軍歌도 소리놀이 몰려가는 추럭위엔

가득찬 젊은이와 안낙네들의 사투리가 웃

고 있다。 고향 가는 기쁨에 …。 나를 위해 세

워주는 추럭은 하나도 없고

걸어서 坟써땅에 오늘 밤을 자야 하나 平

壤은 가야한다 奉旧川 酒幕에 해가 지는

데 ……。

너는 지금 三八線을 넘고 있다

軍用추럭 한구석에 누어
그 많은 별빛을 처다 본다 잠이든다.

오늘 밤을 海州에서 쉬면
내일 어스름엔 平壤엘 당는다.

갑자기 산을 찢는
모진 총소리

산모록 돌아가는 이 地點에서

부슬비가 내린다.

残匪를 警戒하는 威嚇射擊

이 車에는 실상 M一 한자루가 있을 뿐이다.

저러운 中尉는 延白 사람
고향집에 가는 것이 즐겁단다.

문득 헤드라이트에 비취는 큰 글씨 있어
〈너는 지금 三八線을 넘고 있다〉고.

사랑한 사람들이 마주 서서 우는
三八線 위에 비가 내리는데

오래 겪간 마음의 障壁을 향하여
옛날의 三八線을 내가 이제 넘는다.

延白村家

수숫대 늘어선 밭뚝 길로 돌아 넘은 추럭은
배추 빨머리를 돌아 울타리 뒷길을 돌아 어
느 草家집 마당에 멈춘다.

저레은 申尉가 뛰어내려 어머니를 부르니 뜻아닌
목소리에 家族이 몰려나와 서로 꺼안고 울음 반
웃음 반 어쩔 줄을 모른다.

안고 보니 이 申尉는 四年前에 달아난 이고장
저레은이 때문에 戎衣를 입고와도 錦衣還鄉이
이 아니냐.

한 잔은 딸익을 잔아 보 가지 를 비틀고 둘러 앉아

한 그릇 식 국수잔치가 푸지다. 내 땃아니 한 이 村家

에 와 그 줄 겨울은 함께 하노니 반가운 손이 되어 이

렛목에 앉아 웃는 因緣이여

흐린 하늘에서 달빛이 다시 나온다 平壤 가는 추럭

에 딱어모르니 밤은 三更! 사랑하는 자식을 하롯밤이

나마 못재위 보내서 안타까운 그 어머니를 생각한다.

아 우리나라 어머니는 모두 이렇게 속눈섭에

이슬이 마를 사이 없이 이위에 간다. 남의 故鄉에를

먼저 왔걸래 어머니가 벌서 나를 찾아와 계신다

어데나 계시는 어머니 모습!

浿江 無情

平壤을 찾아와도 平壤城엔 사람
이 없다。

大同江 언덕길에는 왕닷새 베치마 적
삼에 蘇式長銃을 메고 잔혀오는 女
子 빨치산이 하나。

스탈린 거리 일지는 街路樹 밑에 앉
아 외로운 나그네처럼 갈곳이 없다。

十年前 옛날 平元線 鉄路닦은 무
렴 내 元山에서 길떠나 陽德順川을 거

처 걸어서 平壤에 왔더니라.

주머니에 남은 돈은 단돈 十二錢 冷麵
쟁반한 그릇 못 먹고 쓸쓸히 웃으며 떠
났더니라.

돈 없이는 다시 안오리라던 그 平壤을
오늘에 또 내가 왔다 平壤은 내 왜 왔노.

大同門 다락에 올라 흐르는 물을 본다
〈浿江無情〉 十年 뒤 오늘! 안 갈 者
이 갈고나 서울 最後의 날이 이갈 앉을이여!

맹 세

萬年을 싸늘한 바위를 안아도

뜨거운 가슴은 어찌하리야

어둠에 蒼白한 꽃송이마다

깨물어 피터진 입을 맞추어

마지막 한 방울 피마저 넣어 넣고

해도는 아침에 죽어가리라야

사랑하는 것 사랑하는 모든 것 다 잃고라도

흰뼈가 되는 먼 훗날까지

그 뼈가 復活하여 다시 죽은 날까지

거룩한 日月의 눈부신 모습

임의 손결 앞에 나는 웃어라

마음 가난 하거나 임을 위해서

내 무슨 자랑과 선물을 지니랴

義로운 사람들이 피 흘린 곳에

솟아 오른 대나무로 만든 피리뿔

흐느끼는 이 피리의 아픈 가락이

九天에 사모침을 임은 듣는가

미워하는 것 미워하는 모든 것 다 잃고라도

부러운 마음이 숯이 되는 날까지

그 숲이 되살아 다시 재 될 때까지

못 잊힌 모습을 어이 하리야

거룩한 임 이름 부르며 나는 울어라.

戰線의 書

生命이란 진실로 내 지낸 날
것이 아니었노라.

生命이란 진실로 내 지낸 날 생각하던 것처럼 그렇게 가벼운
것이 아니었노라.

총알이 열구리를 꿰뚫어도 총알이 가슴에 박혀도 별타는
生命의 庫진 그 奧妙한 細胞 속 구석구석이 자리한 靈魂
을 샅샅이 命中하기 전에는 오직 敵陣으로 敵陣으로 달리
는 부르짓음이 있을뿐,

아 주검을 鴻毛에다 비긴 者에게만이 生命은 이렇게도 악착한
것이었노라.

砲彈의 颱風이 마을을 걸어가버린 뒤 사람 그림자 하나 없고

개닭 소리 조차 그친 마을에

五穀이 제대로 익어 제대로 색을 지라도 새바람은 무릎쓰고 산

꼿작에서 號哭하며 들일으로 목숨은 이으는 백성들

하늘이 啓示하신 그 義로운 눈물 때문에 짐승과 같이 彷徨하

여오히려 辱되지 않는 것

이 악착한 生命을 깨닫는 者만이

주검이란 진실로 사람을 위하여 存在함을 알리라.

風流 兵營

— 從軍文人 合宿所에서 —

步哨도 서지 않은 우리들의 兵營은

밝은 판자 울타리에 柘榴나무가 한 그루 서 있는 오

막사리다.

生命이 絕迫할수록

우리는 더욱 멋스러워지는 兵丁

진땀이 흐르는 三伏 더위에

웃통을 벗어버치고 둘러앉아 將棋를 두고

砲彈이 떨어지는 밤에도

사과로 담근 김치를 안주해서 막걸리를 마신다.

허나 命令만 내리면 언제나

武裝을 갖추고 待機한다 —— 웬 라 종이

우리는 瞬息間에 책상 장기판 횟마루 들마루를 모주

리 占領하고 만다。

—— 作戰上 必要한 高地는 確保하라 ——

여기가 우리들의 싸움터 敵의 가슴을 命中하는 紙彈을

滿發한 곳이다

서울에 남기고 온 家族과 벗들이 그리워 소리없는 울

음을 울며

〈멀지 않아 우리들 서울에 갈 것입니다 ∨ 라는 편지를 쓰는 곳
도 여기다.〉

총칼 없는 兵丁인 우리들 가슴에는
하이얀 靑酸加里가 마련되었는데

올적에 새파랗던 柘榴 열매는
어느새 다 익어서 아귀가 벌었나

從軍文人 合宿所 뒷뜰 푸른 하늘에
自爆한 心臟 柘榴가 하나。

靑馬寓居有感

庚寅動亂에 統營이 赤軍에게 占領되자 靑馬는 釜山 伏兵山下
에 寓居해 있더니 三面이 包圍된 大邱에 같이 있다가 發病한 未
堂이 여기와서 靜養하고 있었으니 때는 九·二八 直前이라 내 잠시 여
기를 찾아와 셋이 함께 몇날을 보냈더니라.

쩌그러진 藤椅子에 앉아
바다를 바라보노라면

가을은 어느듯 등뒤에 와서
어깨 위에 두손을 얹는다.

바둑이가 빠르고 오는 일새 소리에

문득 그리운 사람의 이름을 부르는 것은

내가 잠시 주검 앞에 눈을 뜨고 있기 때문

落葉이 뿌리로 도라가듯이

감나무 잎아

네 인정 있거던 더디 붉어라

蜻蛉아 지붕 위엔

비행기만 어즈럽다.

多富院에서

한달 籠城 끝에 나와보는 多富院은

앓은 가을 구름이 산마루에 뿌려져 있다

彼我 攻防의 砲火가

한달을 내리 울부짖던 곳

아아 多富院은 이렇게도

大邱에서 가까운 자리에 있었고나

조그만 마을 하나를

自由의 國土 안에 살리기 위해서는

한 해 산이 푸나무도 온전히

세 목숨은 다 마치지 못했거니

사람들아 물지르른 말아라

이 荒廢한 風景이

무엇때문에 犧牲인가를 ‥‥

고개 들어 하늘에 외치던 그 姿勢대로

머리만 남아 있는 軍馬의 屍體

스스로의 뉘우침에 흐느껴 우는 듯

간엾도에 쓸어진 傀儡軍 戰士

일찌기 한 하늘 아래 목숨 받아

옳지기던 生靈들이 이제

싸늘한 가을 바람에 오히려

간 고등어 냄새로 섞고 있는 多富院

진실로 運命의 말미암음이 없고

그것을 또 한 번을 수가 없다면

이 가련한 주검에 무슨 安息이 있느냐

살아서 다시 보는 多富院은

죽은 者도 산 者도 다 함께

安住의 집이 없고 바람만 분다。

桃李院에서

그렇게 안타깝던 戰爭도

지나고 보면 一陣의 風雨보다 가볍다。

불타버린 초가집과

주저앉은 오막사리 ―

이 崩壞와 灰燼의 마을을

내 오늘 稍然히 지나가노니

하늘이 恩惠하여 死全을 이룬 者는

오직 낡은 장독이 있을 뿐

아 나의 목숨도 이렇게 질 그릇처럼

오늘에 남아 있음을 다시금 깨우쳐 준다

흩어진 마을 사람들 하나 둘 돌아와

빈 터에 서서 먼 산을 보는데

하늘이사 푸른 기도 하다.

桃李院 가을 볕에

애처러운 코스모스가

피어서 칩다.

絶望의 日記

六月 廿五日

城北洞 산골짜기
방문을 열어 놓고
세상 모르고 떨어진 잠을
깨우는 이 있어 눈을 떠보니
木月이 문득 창밖에 섰다.

〈거리에는 號外가 돌고 야단이 났는데
낮잠이 다 무엇이냐〉고.

傀儡軍 南侵─

悄然히 담배에 불을 단다.

언젠가 한 번은 있고야 말 날이

기어히 오늘에 오고 말았구나.

—아무렇지가 않다.

흙사 슬픔과도 같은 것이 스쳐간다

구름처럼 흘러가던 마음이 고개를 든다.

가슴에서 싸느란 것이 내려 앉는다

六月 廿六日

、午後 2時

自習의 3層에서 〈詩論〉을 얘기한다.

議政府方面의 銃聲이 들려온다

校庭의 스피카에서 戰況報道가 떴다。

青春에는 迂遠한 言語가 차라리 馬耳東風

허나 詩는 진실로 이런 때 서는 것은 ……

〈不安라 存在의 意味를

너 오늘에서 알리라 〉

수런대는 가슴들이 눈을 감는다

오늘 흩어지면 우리는 다시

이승에선 못 만난다는 슬픔 可能性

이 荒烈한 마당에 다시 고쳐 앉아

人情의 약함에 눈물 지음은

또 얼마나 값진 힘이랴

띠여름 밀고 나온다.

※

詩가 戰雲 속으로 숨는다.

山머리를 濛濛한 砲煙이 덮는다.

萬民이 木南이 찾아왔다.

서울 後退는 不可避라고 —
우리는 어쩔 것이냐.

어쩔 것이 아니라 이미 어쩔 수 없는 길
마음이 왜 이리 갈앉는단 말가

그 마음은 木南이 안다고 한다
찾아온 것이 실상 그 마음이라고.

삶과 죽음의 恐怖에
누가 흔들리지 않는다 하랴마는

∧더럽게 살지 말자
더럽게 죽어서는 안 된다∨°

이 志操를 내우는 自繩自縛이며

내 오늘 그 힘을 일어 죽음 알에 나선 수 있음이여

아 작은 時間의 餘裕 있음은

오직 感謝하라.

六月 廿七日

새벽에 온 家族이 訣別하다.

죽지 않으면 다시 만나게 되리라고 …

때 아닌 새 옷을 가라 입고 좋아하던

어린 것의 얼굴이 자꾸만 눈에 밟힌다.

∧죽음은 너무 가벼이 스스로 택하진 말라∨ 하시던

아 아버지 말씀.

이른 아침에 東里를 찾다.

木南이 그리로 오라고 했다

主人이 아침쌀을 구해 가지고 돌아왔다

그의 家族과 함께한 죽음을 나눈다

非常國民宣傳隊 마이크 앞에
廷柱가 섰다.

〈市民 여러분 우리는 어떻게 살았으면
좋겠읍니까〉

이 아무렇지 않은 한마디에

눈물이 쏟아진다.

이고지고 떠나가는 저 백성이

누가 이 말을 듣는다 하랴.

詩人의 많은 항상
저를 채찍질 한 빛.

文藝빌딩 地下室에 거적을 깔고
最後의 籠城을 하기로 했다.

이미 自身을 律하고 나면 개 주검도 또한 立命
그래도 혼자서 죽기가 싫다 너무 외롭다.

國防部 政訓局에서
議政府 奪還의 祝盃를 든다.

새파란 戰鬪服을 갈아 입은

金賢洙 大領 !

떠나기로 재촉하는 벗의 손길이 눈물 겨웁다.

이 술을 다 마시고 취해서 죽는다 하니

〈國民 앞에 謝過하고 世界에 呼訴한 다음

放送局을 破壞하는 것이 하나 남은 責務〉라고

겨안고 얘기하는 Colonel 金一 김

안다 안다 이따 땅에 무슨 거짓이 있느냐。

眞實한 사람에게는 거짓말도 참말이다

그대 마음을 내가 안다.

文藝 빌딩 地下室에

오래고 한 벗들이 하나도 없다. 맡은 일한 時ー

술에 취한 廷柱와 木月과 漢稷과 나와

부슬비 내리는 밤거리를 나선다.

元曉路 終點 아늑 집에 누어

맨 맞 放送을 드르며 눈을 감는다.

〈祖國이여! 겨레여! 아아 山河여!〉

목매어 구비치는 詩朗讀 소리

사람은 가고 목소리만 남아서 돈다.

목소리만 있어도 安心이다 외롭지 않다.

무슨 天罰라도 같이 霹靂이 친다

우리의 갈길은 영영 끊어지고 만 것은……。

漢江 언덕 여기가 서울 最後의 保壘 그 地點에서

기 구녕을 들어막고 잠이 든다。

소리 없이 느껴우는 소리가 들린다.

六月 廿八日

문득 이마에 땀이 흐른다.

어디를 가야하나 背水의 거리에서

아침밥이 모래 같다

국물을 마셔도 冷水를 마셔도

밥알은 영 넘어가질 않는다.

마음이 이렇게도

肉体를 規定하는 힘이 있는가

麻浦에서 人道橋 다시 西氷庫 광나르고
불려나온. 사람은 몇 十萬이냐。

붉은 기빨과 붉은 노래와 탕크와
그대로 四面楚歌 이속에 앉아

넋없이 피우는 담배도 떨어졌는데
나롯배는 다섯척 빠랄 수도 없다。

아 나의 家族과 벗들도 이속에 있으면만

어디로 가야하나 北月水의 거리에서

마침내 숨어 앉은 絶壁에서

한척의 뼈를 향해 뛰어내린다.

이 絶對의 投身!

헤엄도 칠 줄 모르는

비오던 날은 개고 하늘이 너무 밝아 차라리 悽悽(悽)한데

漢江의 저 언덕에서 絶望이 떠오른다

아 죽음의 한 瞬間 延期 ─ .

이기고 도라오라

▽一線士兵에게△

빤짝이라꼰 손구락만한 저잔 무쪽이 두개 아니면 숫가락 총으로

두세번 적어빠른 고추장만으로 들은 그 험한 주먹밥을 단꿀갓

이 먹더구나 사랑하는 아우들아 그것이 대체 몃 끼니만에 먹는

밥이더란 말이냐

억수로 더부어 나리는 빗빨 속에 사흘 낮을 굴고서 싸우자니 겨냥

한 총대가 절로 아래굴 숙여지더라지

졸음이 오면 산을 꼬집고 빼가 고르면 이르른 물지만

들려오는 탕크떼 알에 딱 총갓은 엄만 총만으로 는

뿔타는 가슴을 터트리기에는 솟아나는 눈물 때문에 두 눈이 호두

다 버어 올랐다지

내 사랑하는 아우들아

진실로 祖国을 구원하고 自由를 수호하는 힘과 榮譽는

늬들에게만 있다고 믿어라

무엇때문에 늬들은 구레으며 쓸어지면 서로 알으로 알으로 나가

며 싸워야 하는 것이냐

나라에서 주는 돈으로는 떨어진 신빨 대신 새신 한 켜레만 사면 그

만이라고 늬들은 아무 도움도 빠라지 않고 하늘이 늬들에게 준

모든 것을 스스로 빠쳐

오직 祖国의 榮光만을 念願하더구나

> 171

우리는 안다 늬들의 勳功을 올바로 갚을 줄는

祖國의 통일과 正義의 승리만이 능히 할 수 있다는 것을

아 그밖의 아무런 상품으로도 갚을 수가 없다는 것을 ......

내 사랑하는 아우들아 이나라 護國의 喊聲들이

우리는 이긴다 일찌기 不義와 邪惡이 망하지 않은 역사를 본 적

이 있느냐

늬들 뒤에는 함께 할 만백성의 기쁨이 뭉치어 따르고 있다.

우리는 믿는다 초조히 기다리는 백성들 앞에 그 기뻐하라 승리는

우리의 손에 ㄴ 라는 이 한 마듸를 선물로 지니고 달려올 늬들의

모습을 기다린다

이기고 도라오라 이기고 도라오라

우리들 가슴을 벌리고 기다린다

하늘이 보내시는 너 救国의 天使들을 ─

"FOLLOW ME"

○○ 飛行場에서

이른 봄 남쪽 어느 飛行場에는

아득히 물러선 連峰 우에 보라빛 구름이 어리고

보이지 않는 하늘에서

종달새도 떠기와 운다.

"FOLLOW ME" 푸른 大氣 속에

나즉히 속삭이는 종달새는

아직도 하늘에 살고 있는

어린 時節의 나의 꿈

오늘 하늘을 날으는 機上에 앉아

내 다시 마음의 날개를 펴 보니

손수건이라도 흔들고 싶다

하늘을 날면서 문득 사랑을 생각함은

소망이란 이루어지면 가엾이 허전하기 때문

永遠의 訣別이란 얼마나 아름다울가

"FOLLOW ME" 종달새는

저편 언덕에 내려 앉는다.

寒 山 道

玩花衫

차운산 바위 우에

하늘은 멀어

산새가 구슬피

우름 운다

구름 흘러가는

물길은 七百里

나그네 긴 소매

꽃잎에 젖어

술익는 강마을의

저녁 노을이며

누리속 찬란함

이름모다

한 오라 풀잎에 또

못 비길 것이…

이밤 자면 저마을에

꽃은 지리라

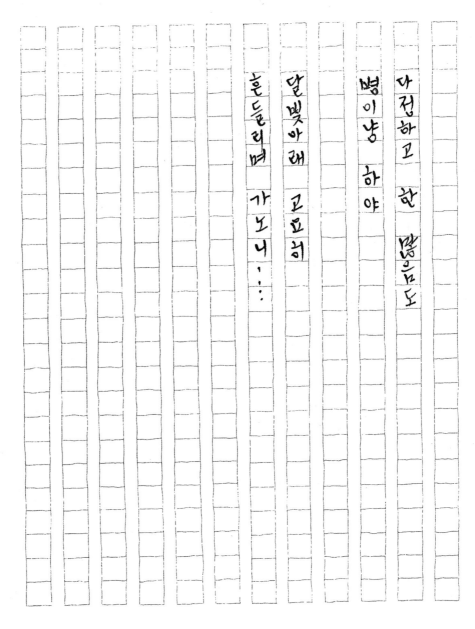

다정하고 한많음도

병이냥 하야

달빛아래 고요히

흔들리며 가노니…

落　花

꽃이 지기로 노니

바람을 탓하랴

주렴 밖에 성긴 별이

하나 둘 스러지고

귀촉도 우름 뒤에

머언 산이 닥아스다

촛불을 꺼야 하리

꽃이 지는데

꽃지는 그림자

뜰에 어리어

하이얀 미닫이가

우련 붉어라

묻혀서 사는 이의

고운 마음을

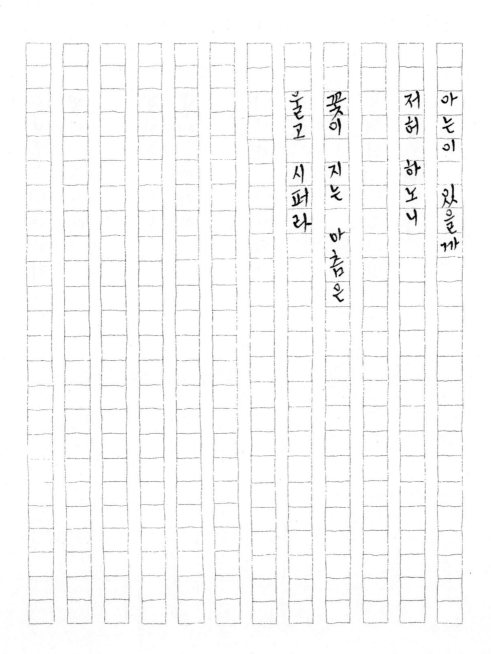

아는이 있을까

저허 하노니

꽃이 지는 아츰은

울고 시퍼라

落花

2

피었다 물러지는

고운 마음을

흰 무리 산 꽃불이

홀로 안으니

꽃지는 소리

하도 가늘어

귀 기우려 듣기에도

조심스러라.

杜鵑이도 한 목청
울고 지친 밤

나 혼자만 잠들기
못내 설어라.

鷲吟說法

벽에 기대 한나절 조을다 깨면 열어재
친 窓으로 흰구름 바라기가 무척 좋아라

老首座는 오늘도 바위에 앉아 두눈은 감
은채로 念珠만 센다

스스로 寂滅한 宇宙 가운데 본지 않은
經이야 펴기 싫어라

篆煙이 어리는 곳곳 아지랑이 피노니 떤

가남에 우짖는 꾀꼬리 소리

처럼 琅琅하고나

이 곧안 꾀꼬리 고운 사투린 梵唄소리

벽에 기대 한나절 조을다 해면 지나는

바람결에 속잎 피는 古木이 무척 좋아라

幽　谷

꾀꼬리 새 폭청 트이자

뒷골에 쏟아지는 진달내 꽃사태

복사꽃 비人발이

자옥히 느처 가고

이게긴 바위우에

点点히 꽃닢은 나려 앉었다

흰 구름이 피며 오르는

무르녹는 봄 고요한 산골로

파릇한 마파람

귀ㅅ결에 감고

나도 포플 나의 마음이

차거운 물소리 밟으며 간다

꽃 새 암

꽃필 무렵에

오는 추위

새침하니 돌아선 모습이

素服한 女人 같다

빤쯤면 꽃봉오리

안으로 다시 化粧하고

봄日 고이 받아
해ㅅ살과 입 맞추리

꽃봉오리 수집은 양이
시집가기전 첫색시라

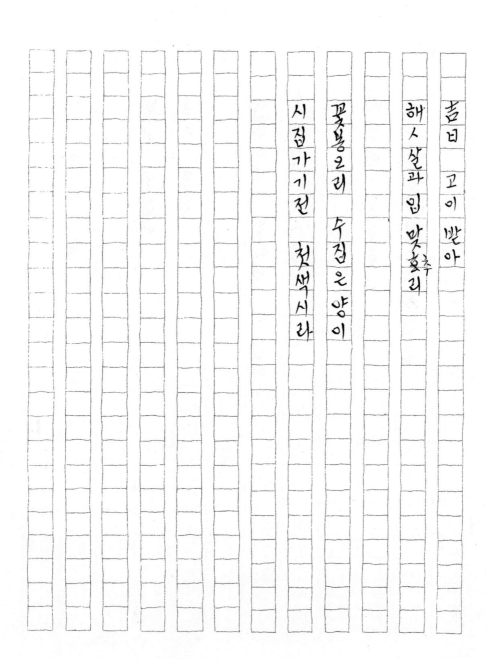

색시

새하얀 반포 수건을 쓰고 멧새 우지지는 푸른 산길을 걸어

가는 색시는 점심밥 구니에 이름 모를 들꽃을 따서 담았다.

산비탈 소나무 아래 사나히는 담배를 태우며 하늘을 본다.

흰 구름이 쉬어 넘는 서낭당 고운한 돌더미 색시는 보구니를

나려놓고 사뿐니 절한다.

도라오는 길에 채색 따짜구러를 보고 갓 시집 온 색시는

얼굴을 붉히한다.

울타리 옆 한 그루 살구나무 나를 사랑하던 복이는 장

갈 갔을까.

바람이 불 쩍마다 색시는 밤물치마를 여민다.

아 침

藥 밭 머리로 흰 달이 기울면……

안 개 솔 솔 흩 일에 나리고

노 고 지 리 우 즈 지 라 하 늘 도 개 인 다.

떨 어 지 는 구 슬 속 에

새 울 음 소 리 도 들 릴 듯 이 ……

여 흔 물 돌 틈 으 로 돌 고

산 꿩 이 포 드 득 날 아 간 다.

버드나무 선 우물가엔 물동이 인 순이가 보인다.

ㄱ 마을에서는 보리밭 뜯지고

된장이 보글보글 끓으리란 ㄴ

김매든 호미 상긋한 풀섶에 자빠지고

햇살이 다복이 퍼지는 아침 마을이 웃는다.

芭蕉雨

외로이 흘러간

한송이 구름

이 밤을 버디메서

쉬리라 던고

성긴 빗방울

芭蕉잎에 후두기는

저녁 어스름 ‥‥

창 열고 푸른 산과
마조 앉어라
들어도 싫지 않은
물소리 기에
날마다 바라도
그리운 산아

올아춤 나의 꿈을
스처 간 구름
이밤을 어디메서
쉬리라 던고

思

慕

밤 I

장독대 위로 흰 달 솟고

새빨안 봉선화 이우는 밤

작은 湖水로 가는 길에

호이호이 휘파람 날려보다

머리칼 하얀 웃구름

바람이 갖어 가고

사슴이 처럼

향긋한 그림자 따라

산밑 주막에서

뜨껄리를 마신다

窓

강변이 수숫대 자란

푸른 밭을 뜰로 삼고

구름이 와서 자다

흘러 가고 ……

가고 가면 무덤에

이른다는 오솔길이

비둘기 우는 밭머리에

닿았읍니다

외로이 스러지는 生命의

모든 그림자와

등을 마주대고 돌아 앉아

말 없이 우는 곳

또 大한 空間을 막고

다시 無限에 통하나니

내 여기 기대어

같은 밤 빛나는 별이나

이른 아침

떨리는 꽃잎과 애기하여라

思　慕

그대와 나주 앉으면

기인 밤도 짧고나

희미한 등불아래

턱을 고이고

단둘이서 나노는

말없는 얘기

나의 안에서

다시 나를 안아 주는

거룩한 빛쏜

그대 모습은

運命보다 아름답고

크고 밝아라

볼드른 나무높새

달빛에 젖어

뷔인 뜰에 귀 뚜라봐

함께 자는데

푸른
낮엔 장사가베

귀기우리고

생각하는 사람됐어

밤은 차모나

풀닢 斷뿌

허무러진 城터 아래
말벗이 돌ㄱ 찬돌에 앉아
한줄기 바람에 조촐히 씻기는
풀닢을 바라보며
나의 몸가짐도 또한
실오리 같은 바람결에 흔들리노라

아아 우리들 太初의 生命의

아름다운 分身으로 여기 태어나

별무리를 마주대고

나 즐거이 웃으며 얘기하노니

때의 흐름이 조용히

물결 치는 곳에

그윽히 피어 오르는

한 떨기 영혼이여!

흐름을 만지며

여기 되비린 玉樓를 헐고
따사한 햇살에 이어가는
草家三間을 나는 짓자

없는 것 드고는 모두다 있는 곳에
어쩌면 이 땅은 외로움이 구물을 치나

虛空에 화한 화살을 뿜아
한자룩 흐미를 뻐룩어 보자

풍기는 흐리범새에 기우러면

뉘우침의 눈물에서 꽃이 되누나

마즈막 돌아갈 이 한줌 흙을

스며서 흐르는 산골 물소리

여기 가난한 牧家를 짓고

푸른 하늘이 사철 넘치는

한그루 나무를 나는 심자

있는 것 밖에는 아무것도 없는 곳에

어쩌면 이 많은 사랑이 그물을 치나

바다가 보이는 언덕에 서면

바다가 보이는 언덕에 서면

나는 아직도 작은 짐승이로다

人生은 항시 멀리

구름 뒤에 숨고

꿈결에도 아련한

피와 고기 때문에

나는 아직도

괴로운 짐승이로다

모래밭에 누어서

햇살 쪼이는 꽃조개 같이

가련한 거이와 같이

어두운 무덤을 헤매는 근 靈인 듯

언제나 한 번은

손들고 몰려오는 물결에 휩싸일

나는 눈물은 배우는 짐승이로다

빠다가 보이는 언덕에 서면

풀밭에서

바람이 부는 벌판을 간다 흔들리는 내

가엾으면 바람은 소리조차 지니지 않는

다 머리칼과 옷고름을 날리며 바람이 옷

는다 의심할수 없는 나의 영혼이 나즉히

바람이 되어 흐르는 소리

어디를 가도 새로운 풀잎이 고개를 든

다 땅을 밟래지 않곤 나는 바람처럼 갈수

가엾다 조약돌을 집어 바람 속에 던진다

이내 떨어진다 가고는 다시오지 않는 그

리운 사람을 기다리기에 나는 영영 살아

지지 않는다

차라리 풀밭에 쓸어진다 던저도 하늘에

오를수 없는 조약돌처럼 사랑에는 뉘우침

이 없다 내지은 죄는 끝내 내가 지리

라 아 그리운 하나만으로 내영혼이 바람

속에 간다

山 길

혼자서 산길을 간다 풀도 나무도 바위도
구름도 모두 무슨 얘기를 속삭이는데
산새소리조차 나의 알음알이로는 풀이 한
수가 없다

바다로 흘러가는 산골 물소리만이 길은
곳으로 길은 곳으로 스며드는 그저 아득해
지는 내 마음의 길을 열어준다

이따금 내 손끝에 나의 발가숭이 영혼

이 부디쳐 푸른 하늘에 천둥 번개가 치

고 나의 마음에는 한나절 소낙비가 쏟아

진다

그리움

머언 바다의 물보래 젖어오는 푸른 나

무그늘 아래 뇌가 말없이 서 있을적에 뇌

두눈섭 사이에 마음의 문을 열고 하늘을

내다 보는 너의 영혼을 나는 분명히 볼수

가 있었다

肉身의 어디메 깃든지를 너도 모르

뇌 서러운 너의 영혼을 뇌가 이제 내 앞

에 다시 없어도 나는 역력히 볼수가 있

구나

아아 이제사 깨닫는다 그리움이란 그 肉

身의 그림자가 보이는게 아니라 天地에 모

양지을수 없는 아득한 영혼이 하나 모습

되어 솟아 오는 것임을 ……

雲 巖洞

머언 산에 흐르는 구름이 없은 그리매를 드리웠다. 나 여인

밤에 한나절 어두운 그림자가 스쳐간다.

하늘을 우러르고 땅을 굽어봐도 부끄러운 일 아직은 내게 없

느데 머언 산을 바라보면 구름그리매를 보면 나 水晶같은

마음에 슬픈 안개가 어린다.

城北洞 넘어가는 城壁 고갯길 牛耳洞 連峯은 말 없는 石山

오랜 風雪에 깎이었어도 보라빛 하늘 있어 莊嚴하고나.

오늘도 바다를 건너 꽃바람은 불어온다. 넋 없고 돌아 선

나의 눈시울에 어쩌면 가버린 옛 별 람을 다시 찾을거냐,

산 넘어 하늘에 꿈을 두고 까닭 없이 눈물 짓는 少年의

슬픔조차 잃어버렸는데 아 사랑과 미움에 병든 人生은 바람

에 나부끼는 구름 그리매 위에 스며드는 가벼울 듯 무거운 구름

그리매.

絕 頂

나는 어느새 천길 낭떨어지에서 있었다 이 벼랑끝

에 구름속에 또 그리고 하늘가에 이름모를 꽃한

송이는 누가 되워 두었나 흐르는 물결이 바위에 부

딪칠때 튀여 오르는 물방울처럼 이내 공중에서 살아

저버리고 말 그런 꽃잎이 아니었다

몇만년을 울고 새운 별빛이기에 여기 한송이 꽃으로 피

단 말가 죄지은 사람의 가슴에 솟아오르는 샘물이 눈

가에 어리었다간 그만 불붙는 심장으로 연통속으로

스며들어 작은 그늘을 이루도시이 이 작은 꽃속에 이

렇게도 고낙한 그늘이 있을줄은 몰랐다

한점 그늘에 온 宇宙가 떨인다 잠자는 宇宙가 나

의 한방울 핏속에 안긴다 바람도 없는곳에 꽃잎은 바

람을 이르킨다 바람을 부르는 것을 날오라 손짓하는것

아 여기 먼곳에서 지극히 가까운 곳에서 보이지 않는 꽃

나무 가지에 心臟이 찔려라 무슨 野獸의 體臭와도

갈이 戰慄할 향기가 오래겨 온다

나는 슬기로운 사람이 아니었다 그러기에 한송이 꽃

에 永遠을 찾는다 나는 또 철모르는 어린애도 아니

었다 永遠한 幻想을 위하여 絶頂의 꽃잎에 입맞추고

걸이 잠들어버릴 自由를 抛棄한다

다시 산길을 내려온다 조약돌은 모두 太陽을 呼吸

하기 위하여 孔首처럼 빛나는데 내가 산길을 오를때

쉬어가던 주막에는 옛 주인이 그대로 살고있었다 이

마에 주름살이 몇개 더 늘었을 뿐이었다 울타리에 복

사꽃만 구름같이 피어 있었다 청댓잎 알새마다 새로

운 피가 돌아 산새는 그저 울고만 있었다.

문득 한마리 흰 나비! 나비! 나비! 나를 잡지

말아다오 나의 人生은 나비 날개의 가루처럼 가루와

함께 絶命하기에— 아 눈물에 젖은 한마리 흰 나비는

무엇이냐 絶頂의 꽃잎을 가슴에 물들이고 邪된 마음

이 없이 저지은 懺悔에 내가 고요히 웃고 있었다

아침

실눈을 뜨고

벽에 기대인다 아무것도 생

각할 수가 없다

짧은 여름밤은 촛불 한자루도 못다녹인

채 살아지기 때문에 섬돌 우에 문득

榴꽃이 터진다

꽃망울 속에 새로운 宇宙가 열리는 波

動! 아 여기 太古쩍 바다의 소리없는 물

모래가 꽃잎을 적신다

방안 하나 가득 柘榴꽃이 물들어 온다

내가 柘榴꽃 속으로 들어가 앉는다 아무

것도 생각할 수가 없다

渺　茫

내 오늘밤 한오리 갈댓잎에 몸을 실어

이 아득한 바다 속 蒼茫한 물구비에 씻기

는 한점 바위에 누웠나니

生은 갈사록 고달프고 나의 몸둘곳은 아

무데도 없다 파도는 몰려와 몸부림치며 바

위를 물어뜯고 넘쳐나는데 내 키가 드는

것은 마즈막 물결소리 먼 海溢에 젖어오

는 그 목소리뿐

아픈 가슴을 어쩌란 말이냐 虛空에 떠

저진 것은 나만이 아닌데 하늘에 달이 그

렁거니 수많은 별들이 다 그렁거니 이 廣

大無邊한 宇宙의 한알 모래인 地球의 둘레

를 찰랑이는 접시물 아 바다여 너또한 그

렁거니

내 오늘 바다 속 한점 바위에 누워 하

늘을 덮는 나의 思念이 이다지도 작음을 께

로소 깨닫는다

念願

아무리 깨어지고 부서진들 하나 모래알이야 되지 않겠읍니까. 石塔

을 어루만질 때 손 끝에 묻는 그 가루 같이 슬프게 보드라운 가루가

되어도 恨이 없겠읍니다.

촛불처럼 불길에 녹은 가슴이 굳어서 바위가 되던 날 우리는 그 차

운 바람에 떨어져 나온 分身이 올시다. 宇宙의 한알 모래 자꾸 작아져

도 나는 끝내 그의 모습이 올시다.

고향은 없읍니다. 기다리는 임이 있읍니다. 지극한 소망에 불이 붙어 이

몸이 영영 살아져 버리는 날이래도 임은 언제나 만나 뵈올 날이 있어야

하옵니다. 이렇게 거리에 빠려져 있는 것도 임의 소식을 아는 이의 발밑에

라도 밟히고 싶은 뜻이 옵니다.

나는 자꾸 작아지옵니다. 커다란 바위덩이가 꽃잎으로 바람에 날리는

날을 보십시오. 저 푸른 하늘 가에 피어 있는 꽃잎들도 몇 億劫을

닦아온 조약돌의 化身이 올시다. 이렇게 내가 아무렇게나 빠려져 있

는 것도 스스로 움지기는 生命이 되고자 함이올시다.

출렁이는 波濤 속에 감기는 바위 내 어머니 품에 안겨내 太初

의 모습을 幻想하는 조개가 되겠다. 아— 나는 조약돌 나는 꽃

이 확 그리고 또 나는 꽃조개.

코 스 모 쓰

코스모쓰는 그대로 한떨기 宇宙 무슨 꿈으로 태어
낯는가 이 작은 太陽系 한 귀퉁이에ㅡ.

차운 季節을 제 스스로의 외로써 애닲게 피어 있는 코스
모쓰는 向方 없는 그리움으로 발돋음하고 다시
슬픈 모가지를 빼고 있다. 붉은 心臟을 뽑아 머리에 鶴처럼
이고 가녀린 손길을 젓고 있다.

코스모쓰는 虛妄한 太陽을 등지고 돌아 앉는다. 서릿
발 놓아가는 긴 밤의 별빛을 우럴어 눈뜬다. ＜카오쓰＞

의 아늑한 無限秩序 앞에 少女처럼 옷깃을 적시기도 한다.

神은 〈사랑〉과 〈미움〉의 두 世界 안에 그 서로 원

수된 理念의 領土를 許諾하였다. 달을 건 옛는 꿈의 象

徵으로 地球의 한 모퉁이에 되어난 코스모스 — 코스모스는

별 빠래기꽃、絶望 속에 生誕하는 愛憐의 넋。주검 앞

에 고요히 웃음짓는 殉敎者。아라침내 時間과 空間을

잊어버린 宇宙。肉体가 精神의 무게를 지탱하지 못하는

코스모스가 종잇장보다 더 엷은 바람결에 떨고 있다.

코스모스는 어느 太初의 〈카오쓰〉에서 비롯됨을 모른다.

다만 이미 태어난 者는 有限임을 알뿐 宇宙여 너 이미

生成된 者여! 有限을 알지못하기에 無限을 알아 마지막

祈禱를 위해서 되어난 코스모쓰는 스스로 敬虔하다.

코스모쓰는 길은 밤만이 아니라 대낮에도 이 太陽系만이

아니라 다른 太陽系에서도 밤낮을 가리지 않고 무수한 별이

떨어져 가는 것을 안다. 宇宙는 한갓 變化와 壞滅만으로도

無限持續하는 生命임을 안다. 풀벌레 목숨 같이 흘러간

별을 코스모쓰는 울지 않는다. 刻刻으로 죽어가는 별이

어느 渾沌 속에서 다시 새로운 太陽系로 이룩할 것을 믿지

않는다.

코스모쓰는 한없는 꽃, 비질없는 사랑. 코스모쓰가 되

어느 저녁에 나는 별을 본다. 내가 코스모스처럼 피어 있을 어느 하늘은 찾아 億兆光年의 限없는 空을 헤여 본다. 코스모스는 이 하얀 종잇장 위에 한 줄의 詩가 쓰여지지 않음을 모른다.

코스모스는 흘러온 별. 宇宙는 한 송이 꽃. 고향이 없다.

뜨거운 입맞춤이 있다. 그리움은 외로운 春를 숨막힌 抱擁에서 놓아주질 않는다. 뼈조차 자취 없이 한 방울 이슬로 녹을 때 까지⋯⋯.

코스모스가 이리 그리움에 야위어 간다. 서러운지 않다.

月光曲

月光曲

작은 나이프가 달빛을 빨아드린다 달빛은 사과 익는 향기

가 난다. 나이프로 사과를 쪼갠다. 사과 속에서도 달이 솟아
오른다.

달빛이 묻은 사과를 빤다 少女가 사랑을 생각한다 흰 寢衣를

갈아 입는다. 少女의 가슴에 달빛이 내려 앉는다.

少女는 두 손을 모은다 달빛이 간즈럽다 머리말의 詩集을

뽑아 젖가슴을 덮는다. 사과를 먹고 나서 〈이브〉는 부끄러운

곳을 가리었다는데...... 詩集 속에서 사과 익는 향기가 풍겨온다.

달이 창을 열고 나간다.

時計가 두 時를 친다 聖堂 지붕위 十字架에 달이 걸려서

處刑된다. 落葉 소리가 멀어진다. 少女의 눈이 감긴다.

달은 虛空에 떠오르는 久遠한 円光 그리운 사람의 모습이

달이 되어 復活한다. 부끄러운 곳을 가리지 못하도록 두 팔

은 잘리운 〈미로의 비너쓰〉를 생각한다. 머리칼 하나 만지지

않고 떠나간 옛사람을 생각한다.

少女의 꿈 속에 달빛이 스며든다. 少女의 心臟이 달은 孕

胎한다. 少女의 잠든 肉体에서 달빛이 버져나간다. 少女는 꿈속

에서도 祈禱한다.

落魄

1

기울은 삘딩에 걸려

보름달이 電燈 노릇을 한다.

은빛 어둠 아래 落魄한 슬픔이

초록 렐부림도 향기롭어라.

2

길은 밤에 외로운 발자욱이 소리

敵調한 가락을 밟으며 간다.

고요한 촛불 아래
서러운 영혼이 가물거린다.

끌어오르는 사모왕 앞에
눈물도 잊어버린 어제 오늘 ─

流竄

검은 寢室의 유리창 가으로

밝고 푸른 옷을 입은 妖精이 춤추고

부서진 별들은 모여와서

온방을 귀뜰이 날다도 섧게 울었다.

黑衣의 기인 옷자락을 끌고 매마른 손을 들어

流竄의 皇帝가 부는 피리소리

병든 太陽을 思慕하는 밤마다

杜鵑이 목청은 피에 젖었다.

눈물의 勳章을 들어주고 술은 마시는

옛날의 옛날의 서러운 皇帝 ……。

떠나간 靑春이 다시 술잔 속으로 돌아오는 밤에

駿馬의 創痍에 비가 나린다。

白蝶

한
노래
별섬겨
꽃되는 밤
작은 葬送譜
가슴 가을 되고
기쁜 노래 숨진 뒤
조촐히 살아진 白蝶
너는 賣春婦 잊히지 않는
하이얀 落葉 고운 喪章아
병들거라 아픈 가슴

가슴에 눈물지고

정가로운 눈물

고요히 지라

슬픈피리

불다가

꽃진

밤

淨　屍

고요이 자라다.

窒息 하다。

슬픈 가슴 華美로운 情性。

玉같다 부서진 쪽빛 椏梧에

뜬 구름 하나 둘이 고운 輓歌라

기울었다 하이안 조각달 조차

야윈 오카낭의 肋骨아 울어라。

작은 水族館 三角의 破窓。

맑은 性 살아오다 가는 호들기

기리 悔恨 없이 고이 눈 감다。

孔　雀

Ⅰ
고요다
하얀 일새
太古然의 꿈
흰별 되랑별
五色빛 방울 꽃에
나는 마구 眩暈이 난다。

Ⅱ
부챗살이는
아니라 ―
아니라 官能의 피아
만 멘트。
太陽이 작난감처럼 돌아가다

華麗한 性慾이다。

고개를 돌리고 나래를 떨면

파르르ー 어디서 별이 지능기요。

자라서 세번 나의 별속에 戀人이 묻혔어요ー

248 <

春日

동백꽃
붉은 입새 사이로

푸른 바다의
하이얀 이빨이 웃는다.

물결 소리.
창 앞에 부서지는

노랑 나비가
하나—

유리 花瓶을
맴돈다.

꽃잎처럼
불려간다.

山嶺

한 구름에 싸혀 심릿건 놀은 고개를 넘어서면 마을로 가는 작은 길

가에 보리밭이 바람에 흔들린다. 내가 고개를 넘어오던 날은 마을에

쌀쌀개 짖고 강아지 송아지 염소 모두 달아나고 멧새 내둥기도 다 날

라가더니 사흘도 못가 잔디밭에서 그들과 벗을 한다. 내가 안면

동무 같이 자란 계집애는 돈 벌러 다라나고 먼 마을로 시집간다고 따

솔의 어린애야 누구 아들인지 안 리 있나. 내가 떠날 때 강아지 송아

지 염소가 서러운가 하면 山嶺 넘어 가기 어려우리만…… 내가 간 뒤에

는 畵書記가 새하얀 여름 모자를 쓰고 산밑 주막에서 區長과 막걸리

를 마신게고 나는 서울 가는 기차 속에서 고향을 잃은 슬픔에 車窓

에 기대어 눈을 감을 것이니 이 山嶺을 넘는 날 나에게는 낡은 추렁과

한 구름 밖에는 아무도 따라오질 않으리라.

면면 둘레꽃

까닭없이 마음 외로운 때는
노오란 면면둘레꽃 한 송이도
애처럽게 그리워지는데

아 얼마나 한 위로이랴
소리쳐 부를 수도 없는 이 아득한 距離에
그대 조용히 나를 찾아 오느니

사랑한다는 말이 한마디는
내 이 세상 온전히 떠난 뒤에 남을 것

잊어버린다. 못 잊어 차라리 병이 되어도

아 얼마나 한 위로이랴

그대 맑은 눈을 들어 나를 보느니

찔 래 꽃

찔 래 꽃 향기 우거진 골에
어지러운 머리를 나는 어쩌나

검은 머리카락 칠 칠 히도
가락마다 아롱지는 희고 가는 목덜미

꿈에 질린 듯이 救援의 손을 흔들고
꿈꾸는 긴 눈섭 홀로 가는 뒷모습

찔 래 꽃 향기 우거진 골에
어지러운 머리를 나는 어쩌나 。

피리를 불면

다락에 올라서
피리를 불면

萬里 구름 길에
鶴이 운다.

이슬에 함초롬
젖은 풀잎

달빛도 푸른 채로
산을 넘는데

물 우에 바람이
흐르듯이

내 가슴에 넘치는

차고 흰 구름

다락에 기대어
되리를 불면

꽃비 꽃바람이
눈물에 어리어

바라뵈는 紫霞山
연두 봉우리

싸리나무 새순 뜨는
사슴도 운다.

靜夜 1

I

별 빛 받으며

발 자취 소리 죽이고

조심스리 쓸어 논 맑은 뜰에

소리 없이 떨어지는

은행 잎 하나.

II

여윈 그믐 달 알에로

가을도 반 남아 기울었다.

얕은 바람 결에 떨리는 오동잎

풀벌레 소리도 끊어졌다.

내 아무 것도 생각할 수 없는 밤

永遠한 刹那에서 宇宙를 본다.

III

한 두개 남았든 은행잎도

간밤에 다 떨러고

바람이 바리고 차기가 새하얀데

작은 강아지의 라판 궁리는 소리 들으며

산ㅅ골 주막 방 이리 불을 끈지 오랜 방에서

달빛을 밟으며 나는 앉았다.

잠이 오지 않는다.

靜夜 2

한 두 개 남았던 은행잎도
간밤에 다 떨리고
바람이 맑고

차기가 새하얀데

딿 옆는 밤 작은 망아지 되
마한 꿈 꾸리는 소리 들으며

산골 주막방 이미 불은 끈지
오랜 방에서 달빛을 받으며

나는 앉았다

풀벌레 소리도 끊어졌다

鷄林에서　哀慕

少午年 이른 봄 내 뿔혔듯　徐羅伐이 그리워 飄然히

慶州에 오니 복사꽃 대숲에 철아련 봄눈이 뿌리는 四月

일네라. 빛름동안을 옛터에 두루놀제 鷄林에서 이 한首

를 얻오니 대개 麻衣太子의 魂으로 더불어 갈은 韻을

밝음이라、弔古傷今의 하염없는 嘆息일진저!

서라벌 즈문해의 水晶하늘이 어리었다。

보리이랑 우거진 골 구으는 조각돌에

무너진 石塔우에 흰구름이 걸리었다

새소리 바람소리도 찬돌에 감기었다。

잔듸우던 구비물에 떨어지는 복사꽃잎

玉笛소리 굽인골에 흐느끼는 저톨리리

비가오나 눈이오나 瞻星臺 위에서서

하늘을 우러르는 나의 넋이여!

〈麻衣太子〉

사람가고 臺는 비어 봄풀만 푸르른데

풀빨속 주주조차 비바람에 스러졌다.

돌도 가는구나 구름따라 같으온가

사람도 가는구나 풀잎따라 같으온가.

저녁놀 곱게타는 이들녘에

끔졌다 이어지는 여울물소리 。

무성한 진래 숲에 티끌 흘리며

울어라 울어라 새여 내 설음에 울어라 새여 !

〈꽃 薰〉

送行

그 머름 보내노니

푸른 산ㅅ길베

자욱히 꽃닢이

흣날리 노라

가고 가면 꽃비속베

白日은 지리

날 두고 그 머홀로

떨치고 간 노매가

섭지 않으랴

送行 2

임 호올로 가시는 길

西城 萬里 길

먼산 둘레 둘레

물구비 마다

아득한 풀 향기

멀리 오는 길

흰 옷자락 아슴 아슴

바람에 날아

모든 시름 잊으시고

피리를 불며

노을 타고 가시는 길

西域 萬里길

밤 길

「이 길로 가면은 주막이 있겠지요ㄴ

「나그네 가는 길에 주막이 없으리아는

꽃 같은이 색씨 술도 판다오ㄴ

얼근히 막걸리에 취하신 영감님

愁心歌 한 가락을 길게 뽑으며

달구지 달달 산 모루를 돌아간다

白楊나무 가지 우에 별이 피는데 ……

「人生 …… 한번 …… 죽어지면 ……

萬樹 …… 長林에 …… 雲霧로구나ㄴ

구슬포고 아름 가락 고요한 밤에

달구지꾼 영감님의 愁心歌 소리 —

「여보 색시 나이는 몇 살이요」

술상 앞에 앉은 색시 두 손을 쥐어 본다

「열 아홉 ······」

새빨간 두 볼이 고개를 들고서

「임자는 어데까지 가시는 길임네까」

「서울로 가는 댄쇼 같이 갈까요」

木花 송이 터지듯이 꿈결이 되어나서

이 색시 이저녁에 서울길이 기룬게지!

「어 졸려라 이 색시 하로밤 같이 자구 간가부다」

「자는 일 누가 말려 ······」

내가 도루 색시처럼 부끄러웠다.

長明燈 달아 놓은 술집은 나오며

양산도 한 가락을 날리어 본다.

落葉

바람에 날려가는

古木 등걸에

오늘도 하로해가

저무렷고나

이무 哭兀한

뙤뿌리 하나

蕭酒은 구름 밖에

번카로운데

하나 둘 굴느는

落葉을 따라

흘러간 내 영혼의

머언 길이며

바람에 밝어가는

古木 등걸에

오늘도 하루해가

저무렴고나

北關行 1

안개비 시름 없이 나리는 저녁답

기울은 울타리에 호박꽃이 떨어진다.

젊은 나가니 나는 강냉이 국수를 마신다.

훈훈 향기 풍기는 방에 정가로운 호롱불 가물거리고

두메 산골이라 소치는 아이 불피릿 소리

삐짜는 색시 고요히 웃는 양이 문틈으로 보인다.

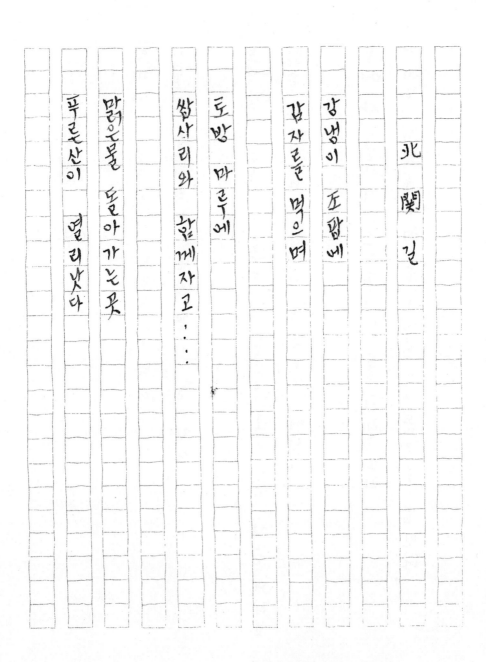

北關 길

강냉이 조팝에
감자를 먹으며

토방 마루에
쌉사리와 함께 자고 . . .

맑은물 돌아가는 곳
푸른산이 멀리 낫다

嶺 넘는 바위ㅅ길에

도라지꽃 홀로피어

산ㅅ길 七十里를

뻐꾸기가 우짖는다

枯 木

嶺 넘어 가는 길에

임자 없는 무덤 하나

주막이 하나

시름은 무거운데

주머니 비였거다

하늘은 마냥 놀고

古木 가지에

서리 가마귀 우지짖는

저녁 노을 속

벌이 새로 돈다

나그네는 홀로 가고

嶺 넘어 가는 길에

산 사람의 무덤 하나

죽은이의 집

壁詩

좀더 뜨거운 가슴을 다오 하늘이여

좀더 억센 손길을 쥐어다오 세원이여

그대의 이름으로 소생한 땅 위에

그대의 뜻이기에 惡魔가 오는데

아아 三寒四溫도 잊어버린 채 한 고랑으로 얼어

비롤은 외줄기 季節風 속에

물어오는 날나리 녹쓴 靑龍刀가 머린 말이냐

좀더 너렁러이 산아보자 겨레여

좀더 웃으며 꺼안아보자 벗들이여

내일 모래면 동지가 온다

어둡고 긴 밤이 짧아지는데 웃으는 봄철을 왜 울 것이냐

아아 철수가 바뀌는 것을 막을 자 없다

共産主義 殞命 뒤에 구비치는 民主主義의 血脈을 보라。

白
磁
三
昧

古風衣裳

하늘로 나를듯이

길게뽑은 부련끝 풍경이 운다

처마끝 곱게느리운 珠簾에

半月이 숨어

아른아른 봄밤이

杜鵑이 소리처럼 깊어가는 밤

곱아라 고아라 진정 아름다운지고

파르란 구슬빛 바탕에

자지빛 호장을 받힌 호장저고리

호장저고리 하얀 동정이

환하니 밝도소이다

살살이 퍼져나린 곱은 선이

스스로 돌아 曲線을 이루는 곳

열두폭 기인 치마가

사르르 물껼을 친다

초마끝에 곱게 감춘 雲鞋 唐鞋

발자취 소리도 없이 대청을 건너

살며시 문을 열고

그대는 어느 나라의

古典을 말하는 한 마리 蝴蝶

蝴蝶이냥 사푸시 춤을 추라

蛾眉를 숙이고

나는 이 밤에 옛날에 살아

눈 감고 거문고ㅅ줄 골라 보리니

가는 버들이냥 가락에 맞추어

회손을 흔들어 지이다

僧舞

얇은 紗 하이얀 고깔은

고이 접어서 나빌네라

파르라니 깎은 머리

薄紗 고깔에 감추오고

두 볼에 흐르는 빛이

정작으로 고와서 서러워라

빈 臺에 黃燭불이

말없이 녹는 밤에

오동잎 잎새 마다

달이 지는데

소매는 길어서 하늘은 넓고

돌아설듯 날아가며

사뿐이 접어 올린 외씨보선이여

까만 눈동자 살포시 들어

먼하늘 한개 별빛에 모도우고

복사꽃 고운 뺨에

고이 접어서 나빌레라

얇은 紗 하이얀 고깔은

이밤사 귀또리도 지새는 三更인데

거룩한 合掌이냥 하고

끊은 마음속

다시 접어 뺀는 손이

휘여저 감기우고

煩惱는 별빛이라

세사에 시달려도

아롱질듯 두방울이야

鳳凰愁

벌래 먹은 두리기둥

빛 낡은 丹靑

風磬소리 날러간

추녀 끝에는

산새도 비둘기도

둥주리를 마구 쳤다

큰나라 섬기던

던

거미줄친 玉座우엔

如意珠 희롱하는

雙龍 대신에

두마리 봉황새를

들어 올렷다

어느 땐들 봉황이

눌렸으랴만

푸르른 하늘밑 驚足을

밟고가는 나의 그림자

佩玉소리도 없었다

品石 묘에서

正一品 從九品 어느줄에도

나의 묘들곳은 바이없었다

눈물이 속되줄을

모를 망이면

봉황새야 九天에

呼哭 하리라

香紋

성터 거닐다 주서온

깨진 질그릇 하나

닦고 고이 닦아

열으로 두 볼에 대어보다

아무렁지도 않은 곳에

무르녹는 옛향기라

질항아리에 곱게그린

구름 무늬가

금시라도 하늘로

피여 날듯 아른하다

눈 감고 나래펴는

향그로은 마음에

머번 그 옛날

하라버지 힌수염이

아주까리 등불에

비취여 자애롭다

꽃밭에 놓고 이슬받아

책상에 글티면

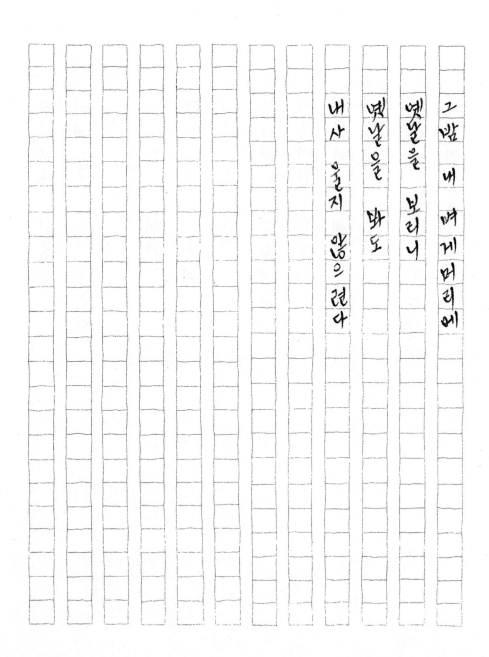

그 밤 내 벼게 머리에

옛 꿈을 보러니

옛날을 봐도

내사 울지 않으련다

舞鼓

真珠구슬 으드드

오색 무늬 뿌려놓고

간자락 七色線 花冠 몽두리

水晶하늘 半月속에

彩衣입은 아가씨

피리 젓대 고운노래

잔조로운 꿈을따라

꽃구름 휘몰아서

발 아래 감고

감은 머리 푸른 수염

네 활개를 휘돌아라

밝은소리 풀은 鼓

한송이 꽃을

蝴蝶이 나래가

싸고 돌더니 ‥‥

풀밭에 앉은나비

다 노고시 멀녀 가고

꿀벌의 날개 끝에

밝은청 鼓가 운다

銀무지개 넘어로 작은 별 하나

꽃수실 彩色 무늬

花冠 몽두리

別離

푸른 기와 이끼 낀 지붕 넘얼

나즉히 흰 구름은 피었다 지고

두리기둥 난간에 반반 숨은 색시의

초록 저고리 당홍 치마 자락에

말 없는 슬픔이 쌓여 오느니—

십리라 푸른 강물은 휘돌아 가는데

밝고 간 자취는 바람이 밀어가고

방울 소리만 아련히

꿈결 듯 꿈결 듯 고운 산울림.

발 돋우고 눈 들어 아득한 連山을 바라보나

이미 어진 公主(선비)의 그림자는 없어 ……

자주고름에 소리 없이 맺히는 이슬 방울.

이제 임이 가시고 가을이 오면

鴛鴦枕 베인 자리를 무엇으로 가리볼꼬.

꾀꼬리 노래하던 실버들 가지

꺾어서 채쭉삼고 가옵신 님하 ……

線

아름다이 희여저 넘는 線은

사랑에 주우린 靈魂의 향기.

그 線으로 흘러 흘러

怨恨과 祈願과 希求와…… 조출한 마음이

푸른 磁器 아득한 살 결에서

苦悶의 歷史를 읽어 본다.

불러진 노래 만들어진 물건이

가느다란 線으로 이루어진 것.

안으로 안으로 들어가는 神秘한 나라에

맑고 곱게 빼어난 線은

슬픈 마음의 눈물이 아니다

떨지는 울음을 도로 삼키고

고요히 웃는 듯 고운 線

사랑에 주우린 靈魂이 되여 나온다。

살풀이 調

파르롬은 구름 무늬를 고이 받들어

네 벽에 소리 없이 고은 가 숨 쉰다.

밖에는 푸른 하늘 龍트림 우에 이슬이 나리고

등글다 기울어진 半夜月 아래 서름은 꽃이어라.

당홍 樂服에 검은 紗帽 옷깃 바로 잡아

소리 이루기 전 눈먼저 스르르 나려 감느니

바람 잔잔 뒤 바다 속 같이 조촐한 마음

아으 흘러간 太平盛世

가락 떼는 손 소릴 따라 恍惚히 춤추고

끊어질 듯 이어지고 잇기는 듯 다시 끊어져

흐드기는 갈대청 大笒 소리야 서러워라.

靑媚의 情恕보담 아픈 가락에 되리는 울고

二十五絃 琴琵琶이 和하는 소리

둥거지는 줄 우에서 紅鴛鴦새야 울어라.

琥珀鍾 술잔에 찰찰이 담아든 노란 菊花酒

아으 흘러간 太平盛世

乾坤이 不老 月長在하더니

꽃피던 榮華 北邙으로 가고

빈 터에 雜草만 우거진 것을

밤새가 와서 울어옌다 。

舞姬 흩어진 뒤 무너진 　殿閣 뒤에

하이얀 나비는 날 아라

난이는 모다 죽는 것을 ‥‥‥

달진 뒤 天心에 별이 늘고 어제도 오늘도 또 한가지

아으 흘러간 太平盛世 。

梅花頌

매화꽃 다진 밤에

호젓이 달이 밝다.

구부러진 가지 하나

영창에 비취나니

아리따운 사람을

멀리 보내고

빈 방에 내 홀로

눈을 감아라.

비단옷 감기듯이

사늘한 바람 결에

떠도는 맑은 향기

암암한 옛양자라

아리따운 사람이

다시 오는 듯

보내고 그리는 정도

사랑지 않다 하여라.

大笒

어디서 오는가

그 맑은 소리

처음도 없고

끝도 없는데

샘물이 꽃잎에

어리우 듯이

촛불이 바람에

흔들리누나

永遠은 키로 들고

刹那는 눈 앞에 진다

雲霄에 문득

기러기 울음

사랑도 없고

悔恨도 없는데

無始에서 비롯하여

虛無에로 스러지는

울리어 오라

이 슬픈 소리.

律 客

보리이삭 밀이삭

물결치는 이랑 사이

고요한 외줄기 들길 우으로

한낮겨운 하늘아래 구름게 싸여

외로운 나그네가 흘러가느니

牛皮쌈지며 玻璃안경곽이랑

허리꾼에 느즉이 매여두고

간밤 비바람에

그물포시 두루막도 물이 죽어서

때묻은 버선이랑 곰방대 함께

가벼이 어깨에 둘러메고 ·····

城隍堂 구슬픈 돌더미 아래

여울물 흐르기는 바위가 까히

지친다리 쉬일젼 두눈을 감고

귀허지난 꽃琴의 줄을 허느니

노닥노닥 기워진

흰조고리 담홍치마

맨발벗고 따라오던 막내딸년도

오리木 느러선 산골에다

묻고 왔노라

솔나무 잣나무

우거진 높은 고개

마스라히 휘도는 길 해가저무러

사늘한 바람결에 횟수먹을 뿌리며

서러운 나그네가 홀로가느니

石門

당신의 손끝만 스쳐도 여기 소리 없이 열리든
문이 있읍니다 뭇사람이 조바심치나 굳이 닫힌 이
돌문 안에는 石蘭 열두 층계 위에 이제 겸푸
른 이끼가 앉았읍니다

당신이 오시는 날까지는 길이 꺼지지 않을 촛
불 한 자루도 간직하였읍니다 이는 당신의 그리운
얼굴이 이 희미한 불 앞에 어리울 때까지는 千年
이라도 눈 감지 않을 저의 슬픈 영혼의 모
습입니다

길숙한 속눈섭에 항시 어리우는 이 두어 방울이

슬은 무엇입니까 당신이 남긴 푸른 도도 자락으로

이 눈물은 씻으랍니까

큰 앞숨이 푸르러 감을 어찌합니까

두볼은 옛날 그대로 복사꽃 빛이지만 한숨에 절

몇만리 구비치는 강물을 건너 당신의 때손

손길이 러의 흰 목덜미를 어루만질 때 그대야 저

는 자취도 없이 한줌 티끌로 사라지겠읍니다 어두

운 밤하늘 虛空 中天에 바람처럼 사라지는 저의 옷

자락은 눈물어린 눈이 아니고는 보지 못하오리다

여기 돌문이 있읍니다 怨恨도 사모치랑이면 지극한

정성에 열리지 않는 돌문이 있읍니다 당신이 오서서

다시 千年토록 앉아서 기다리라고 슬픈 비바람에

낡아 가는 돌문이 있읍니다.

伽倻琴

1

휘영청 달 밝은 제 창 열고 홀로 앉다 들에가
득 국화 향기 외로움이 병이어라

푸른 담배연기 하늘에 바람차고 붉은 술고렴
자 득 빰이 더워온다

천지가 괴괴한데 찾아 올 이 하나 없다 宇宙
가 澹澹해도 옛생각은 새로워라

달 아래 쓰러지니 길은 밤은 바다런듯 蒼蒼한 물

결 소리 草屋이 떠나간다

2

조각배 노 젓듯이 가얏고를 앞에 놓고 열두줄

고른 하늘 벽에 기대 관이 없다

눈 스르르 감고나니 흥이 먼저 알서노라 흥흥흥

눈 연손가락 제대로 말길랏다

구름 끝 드높은 긴 외기러기 울고 가네 銀河

맑은 물에 못별이 잠기다니

내 무슨 恨이 있어 興는도 끝소으로 잊은 듯 되

살아서 임 이름 부르고

3

風流 가 엇고에 이는 꿈이 가이엾다 열두줄 다

끓어도 울리고 빤 이 心思라

꼬덕이고 손을 잠간 슨적들어

줄줄이 고로 눌러 맺힌 시르믄 풀이랏다 머리는

땅 땅 땅 두두 땅땅 흥흥 응 두두땅 땅 調

319

格을 다 잊으니 손끝에 리 맺힌다

구름은 왜 안 가고 달빛은 무심인 저리 희고 놀

아가는 물소리에 靑山이 무너진다

달

밤

마 을

보밀꽃 우거진

호솔 길에

양떼는 새로돋은

흰달을 따라 간다

닐늬리 호들기 부던

소치는 아이가

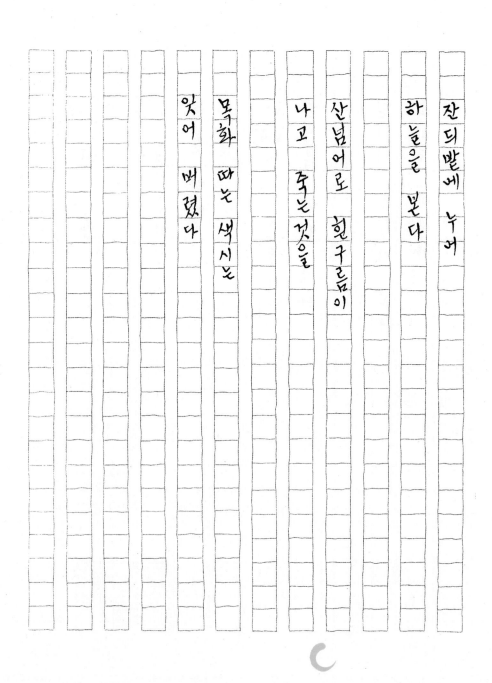

잔디밭에 누어
하늘을 본다

산넘어로 흰구름이
나고 죽는 것을

목화 따는 색시는
잊어 버렸다

달밤

순이가 다라나면
기인 담장 위으로
달님이 따라오고

분이가 다라나면
기인 담장 밑으로
달님이 따라가고

하늘에
달이야
하나건데 ﹕

순이는 달님을 다리고

집으로 가고

분이도 달님을 다리고

집으로 가고

影像

이 어둔 밤을 나의 창가에 가만이 불어서서

방안을 드려다 보고 있는 사람은 누군가.

아무 · 말이 없이 다만 가슴을 찌르는 듯

두 눈초리만으로 나를 지키는 사람은 누군가. ·

萬象이 깨여 있는 漆黑의 밤 감출 수 없는

나의 秘密들이 파란 燐光을 깜빡이는데

내 不安에 질리워 땀 흘리는 수 많은 밤을

종시 창가에 붙어서서 지켜보고만 있는 사람

내 스스로 罪의 思念을 모주리 殺戮하는 새벽에 —

아 누군가 이렇게 밤마다 나를 지키다가도

가슴 열어 제치듯 창문을 열면 그 때사 저

薄明의 어둠 속을 쓸쓸히 살아지는 그 사람은 누군가.

鐘 소 리

바람 속에서 鐘이 운다. 아니 머리 속에서 누가 징을 친다.

落葉이 흣날린다 꽃조개가 모래밭에 딩군다 사람과 새 짐승과 푸나무가 서로 목숨을 바꾸는 저자가 선다.

사나히가 배꼽을 내놓고 앉아 칼자루에 무슨 꿈을 彫刻한다. 계집의 징그러운 裸体가 나무가지를 감고 오른다. 헛비닥이 날름거린다. 꽃같이 웃는다.

劇場도 観象도 없는데 이 頭盖骨 안에는 悽惨한 悲劇

이 無時로 上演된다. 붉은 慾情이 게르다 검은 殺戮이 찌

른다. 오오란 運命이 떨는다. 천둥 霹靂이 친다.

아ー.

그 原始의 悲劇의 幕을 올리라고 숨어앉아 남몰래

징은 울리는 춤는 대체 누구냐.

울지만아라 울리지 말아라 깊은 밤에 구슬픈 징소리.

아니 白晝 대낮에 눈면 鐘소리.

鶴

푸른 虛空에 모가지를 빼고
雲霄에 뿜는 울음이 차라리 웃음같다.

너는 한마리 슬픈 鶴
하늘 그리움에 부질 없은 다리가 걸어

辱된 땅을 밟기에
한쪽 발을 짐짓 아끼는다.

꽃 날리듯이 빠퀴를 돌아
古木 千年에 둥주리를 친다.

抱擁

抱擁은 죽음의 神秘와 같다。

아니 검푸른 深淵의

그 暗澹한 빛갈과 같다。

아니 그 어두운 深淵에서 솟아오르는

한밤의 太陽과 같다。

抱擁은 그윽한 戰慄

놀이 雲霄에 뻗쳐오르는 서러운 鶴의

외줄기 울음

抱擁은 하염없는 사랑의 카타르시쓰

永遠한 訣別의 純粹持續

아 抱擁은 孤獨의 가 없는 夢幻과 같다。

아니 죽음의 어두운 손길과 같다。

아니 超克할 길 없는 運命의

그림자와 같다。

祈 禱

— 항상 나의 옆에 있는 그림자

그리고 全然 나의 옆에는 없는 그림자 —

무너져 가는 사람을 위하여

기도하여 주십시요

쓸어지려는 사람을 위하여

기도하여 주십시요

얼마나 많은 時間 속에

새겨진 모습입니까

찢어진 心臟을 위하여

334 <

기도하여 주십시오

가난한 눈물로 하여

영시들어버릴 수가 없는

이 서러움의 싹을 위하여

기도하여 주십시오

나를 위하여 기도하는

당신의 그 音聲 속에

나를 살게 하여 주십시오

나를 잠들게 하여 주십시오.

아 버 에 게

★ 58 예정대로 6日 밤 이곳 슝쳐대해영
크노크에 무사히 닿았읍니다. 너무도 오래
싣치는 비윽으로 떠나 周旋하기 짝이 없었는데 막
상 떠나고 보니 별 탈이 없이 제대로 맞아갑니다.
모두 믿을 바 호그서 박닿치니 궁극층이라고 20층째
에 쓰는 日貨, 美貨, 그리고 당신이 웃던 때에
기간 별본의 佛貨가 유효하게 쉬 명하면서 홀
러서 웃을 지경입니다. 무엇보다도 당신이 가장 염
려하는 건강이 아주 異常이 없으니 芳心하셨싯
을 너리라불 食性 탓에 음식도 아직 불려미 없
읍니다. 한나라의 대훈나고 호텔 독방에 대
접이 융슝하고 이곳 배우는 등반의 食費도 主催側
이 바는데니 꺾슴웃 빌천에 이런 다행이 없읍니
다. 진반 없으면 외웃깃 헤도 즐거운 여행이 될
것을 그늠의 챽 떼튼에 곧 버리라는 함려라고 아
팟고 돌을 얼끼나 떠들였누라 모릅니다 그러
도 그렇이 베니 기러 왔기에 상상이 헝렬 낳으
니 그렇하 보단이 앛리로. 호족에서 내성 므래
뇌 촛1倫伀 깐났읍니다. 갈때 다시 들리서 별낳
즐기로 하고 촉총히 떠났읍니다. 호족까르고 旅費
가 저러에 팋은데, 걱성이 되에 둘우 묵속대로
도 혜이러가에 食숫이 앛헤니다. 다행히 내
오던 이튿늘 異枾 비靜艴가 여기 훲嘉하여서 십신

...하지 못했습니다. 그분들 오랫동안 혼자 며... 한국말을 못쓴다고 나를 ...
... 우리 말로 큰소리를 지꺼리게 되니 愉快하답...
... 이따 별 군데들 더 구경
하러 ... 같이 ... 一周하여 ...
... 갈라질 예정입니다. 편지를 자주 ...
... 소식이 好소식이라고 너무 멀리하지 ...
... 건강이 탈 없으면 ...
... 당신 혼자서 ...
... 사오...
...
... 드리오며 ... 전하시오
또 쓰겠습니다

10일 아침 Knockke에서

주 : 1961년 9월, 벨기에의 크노케에서 열린 국제 시인회의에 한국대표로 참가한 지훈
이 부인에게 보낸 편지.

해 제

박 노 준 (한양대 교수)

*

선생께서 돌아가신 후 서른 세 해 동안 고이 간수해 오던 육필 시집을 공간한다. 이에 우리는 새삼 선생의 초상을 떠올리며 애틋한 그리움과 추모의 상념에 젖는다. 한동안 잊었던 옛 스승의 의연한 모습을 접하고, 묵직한 육성을 듣는 듯한 기쁨을 누린다. 이제 이 귀중한 친필 시집을 처음 찾았을 때의 감격스런 순간으로 돌아가서 그 자초지종의 경위를 밝히는 기회를 갖기로 한다.

선생의 장례를 치른 지 한 달쯤 지난 1968년 6월 중순경, 홍일식 · 인권환 · 박노준 등은 선생의 장서와 원고 정리 작업에 착수하여 약 4개월에 걸쳐 그 대강의 일을 마쳤다. 그로부터 4년 뒤인 1972년에 다시 한달 반 동안 손질을 하여 모든 작업을 마무리하였다. 원고의 경우는 발표 · 미발표를 막론하고 선생의 전 업적을 찾아내어서 글의 성격에 따라 몇 갈래로 분류하여 목록에 기재해 놓고 곧 찾아올 전집 간행의 때를 미리 대비해 놓기로 하였다. 세 사람 모두 직장에 매인 몸이라 주로 주말에 시간을 내서 성북동(2차 작업시는 수유동) 선생 댁을 찾았다. 갈 때마다 너무나 일찍 스승을 잃은 비통함에 젖어 서로 대화를 나누는 일도 별로 없이 묵묵히 손을 놀리던 일이 마치 몇 년 전의 일인 양 기억에 새롭다.

그런 식으로 작업에 몰두하던 어느 날이었다. 책장 서랍 깊숙한 곳에 숨어 있던

한 뭉치의 원고 묶음을 찾아내어 풀러 본 순간, 우리는 누가 먼저라 할 것 없이 놀라움의 나직한 탄성을 내지르고야 말았다. 당신께서 직접 정서한 두 권의 육필 시선집, 그리고 시작 노트, 그것들은 모두 우리 눈에 익숙한 선생의 글씨임이 분명하였다. 곧 흥분을 가라앉히고 사모님을 급히 모셔서 여쭤 보았으나 그분도 전혀 모르는 일이라는 응답이었다.

호방하면서도 치밀한 선생의 성품은 널리 알려진 바이다. 그러한 성품이 당신께서 이미 발표하신 시편들을 저장하는 일에까지 연동되어서 마침내 정본(定本) 의식에 의한 육필 원고로 이어질 줄은 아무도 예상하지 못한 일이었다. 아마도 댁에서 한가한 시간을 보내실 때 짬짬이 써서 책으로 묶어 놓은 것이라고 우리는 결론을 내렸다.

여기서 잠시 선생 생존시의 성북동 서재의 분위기를 회상키로 한다. 문단과 학계의 동료 후배들의 발걸음이 잦았듯이 우리도 학부 초학년 때부터 돌아가시기 며칠 전까지 댁에 무시로 출입하였거니와 그 횟수를 어찌 셈할 수 있으랴. 낮시간에 찾아 뵐 때도 그랬지만 특히 저녁 무렵이나 밤에 방문하여서 선생과 마주할 때면 바로 그 시간이 사제간의 격의 없는 담론의 시간이었다. 사모님께서 손수 마련해 주신 술잔을 들면서 선생의 말씀을 들을 때면 강의실에서와는 전혀 다른 환경에 몰입되곤 하였다. 학문하는 방법과 인생을 살아가는 기본 자세를 선생의 서재에서 배웠고 어지러운 시대를 걱정하고 한탄하는 한숨의 소리도 그곳에서 더 많이 들었다. 동서고금의 사상과 학문과 문학을 종횡으로 넘나들던 '知多선생'의 박학에 노상 넋을 잃었던 곳도 바로 성북동 枕雨堂 서재였다.

경청하는 우리의 감성을 더욱 고조시킨 것은 그분의 자작시 낭송. 그곳에서 들은 시가 몇 편쯤 되는지 알지 못한다. 세인들이 일컫는 당신의 몇 대표작보다는 질적으로는 다소 뒤질지 모르나 가장 애착이 가는 시는 일제 말기 숨어서 살던 때에 지은 〈落花〉라는 말씀을 듣던 곳도 바로 거기였다.

이 모든 장면도 잊을 수 없는 것이지만 지금도 생생하게 기억하는 것은 말씀 중에 수시로 책장 서랍을 열고 꺼내 보여 주시던 각종의 원고 초안과 메모, 도표화된 자료, 서찰 등이었다. 오래된 것은 해방 전에 구상한 바를 적어 놓은 것도 있었고,

또 그 내용과 범위도 시와 국학 전반에 걸친 것이었다. 잔글씨로 빽빽하게 적어 놓은 크고 작은 종이에는 선생의 시와 학문의 씨앗들이 가득 들어차 있었다. 그걸 보이면서 설명하실 때의 모습에서 우리는 선생의 시와 학문에 대한 정열과 함께 꼼꼼한 성품을 읽곤 하였다.

원고를 정리할 때, 예의 자료를 다시 접하면서 우리가 이를 예사롭게 넘긴 까닭도 방금 증언한 바와 같이 그 존재를 이미 알고 있었기 때문이었다. 그러나 오늘 펴내는 이 육필 시집의 원본을 발굴(!)했을 때의 경우는 그와는 사정이 전혀 달랐다. 선생에게서 직접 들은 바도, 또한 본 바도 없는 뜻밖의 자료였으니 그때 우리의 놀라움은 참으로 컸다. 지금 생각해 보면 이 육필 시선집은 담론의 대상이 될 수 없다고 판단하셨기 때문에 거기에 대해선 평소 거론하지 않으셨다고 사료된다.

＊

독자들도 이 책의 첫 장을 넘기는 순간 쉽게 간파하겠지만, 요컨대 이 육필 시선집은 기간(既刊)의 여러 권 시집에서 뽑은 작품들을 정서해 놓은 것이다. 이미 발표된 시들을 굳이 새로 베껴 놓을 필요가 없을 터인데도 정필로 옮긴 선생의 의도가 무엇인지 정확히 알 수 없다. 앞에서도 언급한 바와 같이 아마도 정본 의식에서 당신의 필적을 남기려 하신 것은 아닌지 그렇게 헤아려 볼 뿐, 더 이상의 추정은 불가능하다.

설혹 다른 관점에서 요량할지라도 어쨌거나 이 시선집은 펜이나 만년필로 다시 베껴 쓴 미공개 자료라는 점에서 그 특장을 찾을 수 있다. 바로 그 점에서 우리는 이 육필 시선집의 의의와 가치를 평가하고자 한다.

이렇게 생각해 보면 알 일이다. 즉 옛 시대의 선비나 문사들은 자신이 지은 시문과 서찰·서문·비문 등 각종의 문장을 한 벌 정서해서 남겨놓는 것을 상례로 삼았다. 사후 후손이나 제자들이 문집을 편찬할 때 초고로 쓰게 하기 위해서였다. 그 사정을 시대를 달리해서 살고 있는 우리는 충분히 이해할 수 있다. 그러나 선생의 경

우는 여기에 해당되지 않는다. 이미 활자화된 시집들이 쌓여있으니 전집 편찬에 자
필 원고가 따로 소용되지 않기 때문이다. 그럼에도 약 150편의 시편들을 친필로 보
존코자 하였으니 이 점이 희한하다고 하지 않을 수 없다. 또 요즘의 시인들은 어떤
지 모르나 적어도 선생께서 활동하던 시대의 시인들 중에서 활자화 된 자작의 시를
다시 베껴서 정리해 놓은 예가 과연 있는지 우리는 알지 못한다. 문예지 등 잡지나
신문에 발표키 위해서 보낸 원고를 본인이나 후배 제자들이 나중에 되찾아서 수집
하거나, 출판사의 상업적 판단에 따라 육필시집을 간행한 경우를 제외한다면 시집
을 낸 뒤 다시 그 시집의 시들을 손수 육필로 남긴 시인은 거의 찾기 힘들다고 단언
을 내려도 좋지 않을까 싶다. 이런 점들을 고려하고 이 시선집을 읽으면서 그 안에
내포된 여러 가지 함의를 캐내는 일은 독자들의 몫으로 남겨두기로 한다.

이 《지훈 육필 시집》은 시작 노트를 제외한 예의 두 권의 자료를 합책한 것이다.
원래는 노트本(15×19㎝)에 31편, 백지책자本(20×27.5㎝)에 117편 도합 148편이
전해 오고 있으나 전자에 실려 있는 작품들 가운데 27편이 후자에 재록되어 있어서
중복을 피하기 위하여 전자의 것을 취하고 후자의 것을 빼기로 하였다. 따라서 재
편집된 이 시선집의 총 편수는 121편이 된다.

이 자필 시집을 언제부터 쓰기 시작했는 지는 연대 표기가 없어서 전혀 알 수 없
다. 끝낸 시기도 정확히 알 수 없으나 다만 선생이 마지막으로 펴낸 제 5시집인 〈여
운〉이 1964년에 간행된 점을 참고하여 그 시집에 수록된 작품이 육필 시선에 겹쳐
있는지 여부를 따져 보면 그 대강의 시기를 어림짐작은 할 수 있을 터이다.

두 권 중 노트本이 먼저 작성된 것만은 확실하다. 겉 표지에 〈芝薰詩鈔 — 玩盧山
房藏〉이라 題한 이 자료는 선생의 초기 작품이 주류를 이루고 있을 뿐만 아니라 노
트 자체가 오래된 것이다. 노트의 각면 상단에는 고무 스탬프로 숫자가 찍혀 있는
데 첫면이 '145'로 되어 있으므로 일견 그 앞 부분에 필사된 시들이 소실된 듯 한
느낌을 주나 사정은 그렇지 않다. 고무 스탬프의 숫자가 어떤 연유에서 비롯한 것
인지는 알 수 없으나 선생의 시선(詩選)과는 무관한 것이 확실하다. 그 증거로는 첫
번째 작품을 시작하면서 장의 표시를 'Ⅰ'로 명기하였고 이어서 'Ⅲ'까지 연이어져

있기 때문이다. 〈芝薰詩鈔〉의 것을 말하면서 빼놓을 수 없는 사실은 여기의 글씨체가 선생의 전형적인 필체라는 점이다. 서예가는 물론 문사나 학자들도 자신의 독특한 필체가 있고 그 외 한두 가지 변체(變體)가 있는 것이 상례인데 선생의 경우도 이에서 벗어나지 않았다.

후자의 표지에는 題名이 없다. 그러나 전자와는 달리 전체를 여러 장으로 나누고 장의 소제목을 따로 붙여놓았다. 면수는 밝히지 않고 있다. 시집명을 그대로 따 온 것은 한 장뿐이고 (〈역사 앞에서〉) 그 나머지는 주로 작품명으로 소제목을 삼았다. 두 책 모두 기간의 시집들에 실린 작품들을 일단 흩어 놓은 뒤, 다시 몇 개의 장으로 재배열한 점과 후자의 소제목을 시집명에 따르지 않은 점 등에서 자작시 전편에 대한 선생의 최종적인 생각을 읽어야 할 것이다. 전자가 펜글씨인 반면, 후자는 만년필로 쓴 것이다. 여기에 실려 있는 118편의 작품을 한꺼번에 모두 쓰셨다고 보기는 어렵다. 시간이 나는 대로 여러 해에 걸쳐 한두 편, 또는 서너 편씩 써서 합철해 놓은 것으로 보인다. 많은 작품을, 그것도 여러 해 동안 틈틈이 쓰시다 보니 글씨체도 전형적인 필체 외에 변체도 섞여 있는 것이 이 백지책자본의 특징으로 꼽힌다. 필적을 남기려는 의도성은 이 백지책지본에서 더욱 강하게 작용되었다고 헤아려진다. 노트본을 쓰실 때는 많은 시간이 걸리지 않았을 터이고 또한 파한(破閑) 삼아 붓을 드시지 않았는가 추정한다. 그런데 막상 써 놓고 보니 필사본에 애착이 가고 그래서 이 일을 확장한 것이 바로 백지책자본이 아닌가 헤아려 볼 수 있다. 노트본에서 이미 쓴 작품 27편을 이 백지책자본에서 다시 쓰신 것을 보면 선생의 강한 의도를 짐작할 수 있을 것이다.

작품의 선별 기준을 어디에 두셨는지, 이 점 선생께서 함구하고 있으므로 알 수 없다. 이미 간행된 시집의 작품을 그대로 옮겨 썼음에도 오기(誤記) 이외 양자 사이에 상이한 부분이 발견되는데, 이것이 필사를 통해 활자본 시집의 것을 수정·개고 코자 하신 것인지도 알 수 없다. 이런 궁금한 대목들을 비롯하여 이 육필 시선집의 자료적 가치, 이를 통해서 본 선생의 면모에 대한 성찰과 규명 등의 작업은 앞으로 현대문학 전공자가 풀어야 할 과제로 남겨 두면서 나의 증언을 겸한 해제는 여기서 마감한다.

*

이 책이 어찌 시인을 비롯한 문학 전공자들에게만 소중한 자료이겠는가. 선생의 시와 인간을 좋아하는 많은 일반 독자들에게도 이 육필 시집은 아주 값진 선물이 될 터이다. 시인의 체온과 문기(文氣)가 넘쳐 흐르는 친필의 시를 읽으면서 활자화된 시집에서 맛보지 못한 감흥에 흠뻑 젖기를 기대한다.

《조지훈 전집》 아홉 권을 완간한지 4년 반 만에 전집의 별책으로 이 책을 출판해 준 나남출판 조상호 사장의 특지에 감사한다. 편집 실무에 직접 참여하여 선본(善本)을 만들어 내는 데 노고를 아끼지 않은 김 철 편집국장에게도 고마운 뜻을 전한다. 특히 지훈 선생에 대한 조 사장의 존숭의 뜻이 어느 정도로 굳고 두터운지는 알 사람은 다 알고 있다. 그 뜻이 이번에 다시 승화되어 마침내 문학과 국학 등 두 부문의 〈芝薰賞〉을 제정하기에 이르렀다. 이 책은 〈지훈상〉 제정을 기념하고 또한 여러 해 동안 진행된 제 2차 전집 간행을 마무리하는 의미에서 펴내게 된 것이다. 그 특별한 정신에 거듭 경의를 표한다.

이 소중한 원고가 분실되지 않고 오늘에 이르기까지 전해 오게 된 데에는 숨은 공로자 몇 분이 있다. 1973년 일지사에서 선생의 전집 제 1차본이 출판될 때 이 자료가 출판사로 넘겨져서 편집에 참고로 활용되었다. 전집이 완간된 후 이 자료를 다시 수습해서 잘 보관하였다가 선생 댁으로 되돌려 준 김성재 사장님을 비롯하여 당시 기획과 편집의 책임자였던 이기웅(현 열화당 대표)·유학종(현 현음사 대표) 이 세 분께도 또한 감사의 말씀을 드린다.

끝으로 편집 과정에서 김인환 고려대 교수가 이 책의 원고를 검토하여 일부 착간(錯簡)들을 바로잡아 주었음을 밝힌다.

2001년 5월 15일

芝薰 趙東卓 先生 年譜

1920.12.3. 경북 영양군(英陽郡) 일월면(日月面) 주곡동(注谷洞)에서 부 조헌영(趙憲泳, 제헌 및 2대 국회의원, 6·25 때 납북됨)과 모 유노미(柳魯尾)의 3남 1녀 가운데 차남으로 출생.

1925~1928. 조부 조인석(趙寅錫)으로부터 한문 수학(修學), 영양보통학교에 다님.

1929. 처음 동요를 지음. 메테를링크의 〈파랑새〉, 배리의 〈피터팬〉, 와일드의 〈행복한 왕자〉 등을 읽음.

1931. 형 세림(世林 : 東振)과 '꽃탑'회 조직. 마을 소년 중심의 문집 〈꽃 탑〉꾸며냄.

1934. 와세다대학 통신강의록 공부함.

1935. 시 습작에 손을 댐.

1936. 첫 상경(上京), 오일도(吳一島)의 시원사(詩苑社)에서 머무름. 인사동에서 고서점(古書店) '일월서방'(日月書房)을 연다. 조선어학회에 관계함. 보들레르·와일드·도스토예프스키·플로베르읽음. 〈살로메〉를 번역함. 초기 작품 〈춘일〉(春日)·〈부시〉(浮屍) 등을 씀. "된소리에 대한 일 고찰" 발표함.

1938. 한용운(韓龍雲)·홍로작(洪露雀) 선생 찾아봄.

1939. 《문장》(文章) 3호에 〈고풍의상〉(古風衣裳) 추천받음. 동인지 《백지》(白紙) 발간함 〔그 1집에 〈계산표〉(計算表), 〈귀곡지〉(鬼哭誌) 발표함〕. 〈승무〉(僧舞) 추천받음 (12월).

1940. 〈봉황수〉(鳳凰愁) 추천받음 (2월). 김위남(金渭男 : 蘭姬)과 결혼함.

1941. 혜화전문학교 졸업(3월). 오대산 월정사(月精寺) 불교강원(佛教講院) 외전강사(外典講師) 취임(4월). 상경(12월).

1942. 조선어학회 〈큰사전〉 편찬원(3월). 조선어학회 사건으로 검거되어 심문받음(10월). 경주를 다녀옴. 목월(木月)과 처음 교유.

1943. 낙향함(9월).

1945. 조선문화건설협의회 회원(8월). 한글학회 〈국어교본〉 편찬원(10월). 명륜전문학교 강사(10월). 진단학회 〈국사교본〉 편찬원(11월).

1946. 경기여고 교사(2월). 전국문필가협회 중앙위원(3월). 청년문학가협회 고전문학부장(4월). 박두진(朴斗鎭) · 박목월(朴木月)과의 3인 공저 《청록집》(靑鹿集) 간행. 서울여자의전(女子醫專) 교수(9월).

1947. 전국문화단체총연합회 창립위원(2월). 동국대 강사(4월).

1948. 고려대학교 문과대학 교수(10월).

1949. 한국문학가협회 창립위원(10월).

1950. 문총구국대(文總救國隊) 기획위원장(7월). 종군(從軍)하여 평양에 다녀옴(10월).

1951. 종군문인단(從軍文人團) 부단장(5월).

1952. 제 2시집 《풀잎 단장(斷章)》 간행.

1953. 시론집《시의 원리》간행.

1956. 제 3시집 《조지훈 시선》 간행. 자유문학상 수상.

1958. 한용운(韓龍雲) 전집 간행위원회를 만해(萬海)의 지기 및 후학들과 함께 구성함. 수상집(隨想集)《창에 기대어》 간행.

1959. 민권수호국민총연맹 중앙위원. 공명선거 전국위원회 중앙위원. 시론집 《시의원리》 개정판 간행. 제 4시집 《역사 앞에서》 간행. 수상집 《시와 인생》 간행. 번역서 《채근담》(菜根譚) 간행.

1960. 한국교수협회 중앙위원. 세종대왕 기념사업회 이사. 3 · 1독립선언기념비 건립위원회 이사. 고려대 아세아문제연구소 평의원.

1961. 세계문화자유회의 한국본부 창립위원. 벨기에의 크노케에서 열린 국제시인회의에 한국대표로 참가. 한국 휴머니스트회 평의원.

1962. 고려대 한국고전국역위원장. 《지조론》(志操論) 간행.

1963. 고려대 민족문화연구소 초대 소장. 《한국문화사대계》(韓國文化史大系) 제 6권 기획. 《한국민족운동사》 집필.

1964. 동국대 동국역경원 위원. 수상집 《돌의 미학》 간행. 《한국문화사대계》 제1권 〈민족·국가사〉 간행. 제5시집 《여운》(餘韻) 간행. 《한국문화사서설》(韓國文化史序說) 간행.

1965. 성균관대 대동문화연구원(大東文化研究院) 편찬위원.

1966. 민족문화추진위원회 편집위원.

1967. 한국시인협회 회장. 한국신시60년 기념사업회 회장.

1968. 5월 17일 새벽 5시 40분 기관지 확장으로 영면(永眠). 경기도 양주군 마석리(磨石里) 송라산(松羅山)에 묻힘.

1972. 남산에 '조지훈 시비'가 세워짐.

1973. 《조지훈 전집》(全 7권)을 일지사(一志社)에서 펴냄.

1978. 《조지훈 연구》(金宗吉 등)가 고려대학교 출판부에서 나옴.

1982. 향리(鄕里)에 '지훈 조동탁 시비'를 세움.

1996. 3월 나남출판사에서 《조지훈 전집》(全 9권) 발행.

가족사항(2001년 현재)

미망인 김위남(金渭男) 여사(78세)

장남 광열(光烈, 미국 체류, 56세)   자부 고부숙(高富淑, 56세)

차남 학열(學烈, 성산양행 상무이사, 53세)   자부 이명선(李明善, 49세)

장녀 혜경(惠璟, 49세)   사위 김승교(金承敎, 53세)

삼남 태열(兌烈, 외교통상부 영사, 46세)   자부 김혜경(金惠卿, 44세)

나남신서 · 851

《趙芝薰全集》 별책
지훈 육필 시집

· 2001년 5월 15일 발행
· 2001년 5월 15일 1쇄

· 저 자 : 趙 芝 薰
· 발행자 : 趙 相 浩
· 발행처 : (주) 나 남 출 판
· 등록일 : 1979년 5월 12일(제 1-71호)

· 주 소 : 137-070 서울 서초구 서초동
　　　　　 1364-39호 지훈빌딩 501호
· 전 화 : (02) 3473-8535(代), 팩 스 : (02) 3473-1711
· 홈페이지 : http://www.nanamcom.co.kr
· 천리안 · 하이텔 ID nanamcom

ISBN 89-300-3851-4　　　　　　　값 25,000원

거짓과 비겁함이 넘치는 오늘, 큰 사람을 만나고 싶습니다

조지훈 전집

제①권:詩·제②권:詩의 원리·제③권:문학론

제④권:수필의 미학·제⑤권:지조론·제⑥권:한국민족운동사

제⑦권:한국문화사서설·제⑧권:한국학연구·제⑨권:채근담

長江으로 흐르는 글과 사상! 우리의 소심함을 가차없이 내리치는 준열한 꾸중!《조지훈 전집》에는 큰 사람, 큰 글, 큰 사상이 있습니다.

난세라는 느낌마저 드는 요즈음 나는 젊은이들에게 지훈 선생의 인품과 기개, 그리고 도도한 글들로 사상의 바다를 항해하고 마음밭을 가는 일을 시작하면 어떻겠는가, 말해주고 싶다.

— 딸의 서가에 〈조지훈 전집〉을 꽂으며, 韓水山

NANAM 나남출판   TEL:3473-8535   FAX:3473-1711